子ども食堂 かみふうせん

齊藤飛鳥

国土社

もくじ

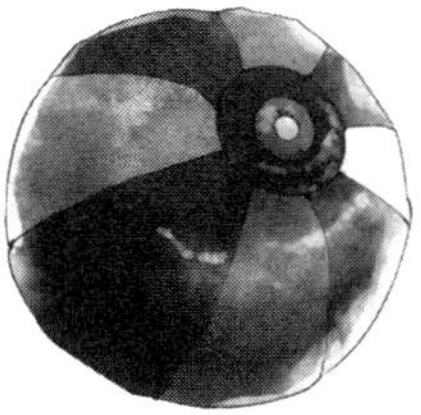

第一章　碧海麻耶《あおみまや》のはなし

赤、白、緑、黄、青の紙風船の絵が描《か》かれたポスターには、こんなタイトルがついていた。

『子ども食堂かみふうせん』

街角の掲示板《けいじばん》でそのポスターを見た瞬間《しゅんかん》、ビビッときた。

子どものための食堂だなんて、物語に出てきそうで、すてき！

すぐにポスターをもう一度チェック！

ポスターと言っても、イラストは画用紙に色エンピツで描かれていて、手作り感が満載《まんさい》だ。それがかえって、子ども食堂かみふうせんはふつうのお店とはちがうんだと、全力でうったえかけてくる。わたしはもっとよく読もうと、ポスターにグッと顔を近づけた。

なになに？

開店時間は、お昼の十二時から夜の七時。

お昼ご飯に、トン汁《じる》とおむすび。

夜ご飯に、カレーライスとサラダ。

あれれ？　メニューは、これだけなんだ。

でも、どちらも、お値段《ねだん》が百円だって！

わたしのおこづかいでも食べられるってのが、いいわ！

おまけに、わたしはここに書かれているように、小麦粉・牛乳《ぎゅうにゅう》・卵といった、ありとあらゆるアレルギーを持ってない。だから、安心して食べに行けるわ。

これは、絶対に行くしかない！

へえ。この子ども食堂は、毎月、第二土曜日と第四土曜日に、八百屋のやおかぜさんで開かれると書いてあるわ。

あらら。じゃあ、毎日はあいてないのね。

ちょっぴり残念。でも、たっぷりうれしいのは、今日が第四土曜日だから、これからすぐに行けるってこと！

さあ、碧海麻耶《あおみまや》隊長！

今日の君の任務は、子ども食堂かみふうせんへ行くことよ！

空が青くて蝶《ちょう》が舞《ま》う、すてきがあふれた五月と同じくらい、これまたすてきなお店へ行けるなんて、とってもハッピー！

ポスターによると、八百屋のやおかぜさんは、山門通《さんもんどお》り商店街にあるらしい。山門通り商店街と言えば、七草寺《しちそうじ》の方だから……。小学校から歩いて十五分、うちからなら歩いて二十五分くらいかぁ。けっこう遠出になるわね。

だけど、一人で遠足をしていると思えば、何ともないか！

右足さんと左足さんが前に進んで、一・二！　一・二！

うふふ、こうして町の中を歩いていると、何だかテレビの観光番組みたいね。

わたしはレポーターで、カメラさんが後ろからついて来ているの。

それで、おいしい食べ物屋さんに入ってお店を紹介《しょうかい》したり、道を歩いている人におもしろいお店や場所を紹介したりしてもらうの。白い文字のテロップが出てきて、ツッコミを入れるときは、赤い文字のテロップに変わったりして。

番組名は、『まや散歩』かな？

『いい旅まや気分』かな？

あはは。わたしが主役のテレビ番組のことを考えているうちに、もう山門通り商店街に到着《とうちゃく》しちゃったわ。

この商店街は、観光名所の七草寺へやって来る観光客向けのお土産屋《みやげや》さんがメイン。だけど、その合間をぬうようにして、地元の人たちが利用する八百屋さんや、くつ屋さんなんかも、いくつか混ざっているんだよね。前に、お父さんとお母さんと七草寺へ初詣《はつもうで》に来たから、覚えているわ。

あのとき、わたしは小学三年生だったから、もう三年も経つのかぁ。楽しい時間はあっという間にすぎると言うけど、本当だね！

山門通り商店街の入口には、よく漫画《まんが》とかで見る、商店街の名前が書かれた看板《かんばん》付きのゲートはない。そのかわり、お寺に続く場所らしく、左右一対《いっつい》にわたしの身長と同じくらいの大きな石灯籠《いしどうろう》がある。

うふふ。観光地なだけあって、山門通り商店街は、今日も人が多いや。すてきなベールをかぶった外国人のお姉さんたちや、知らない学校の制服を着たお兄さんたちのじゃまにならないように、ちゃんとすみっこを歩かなきゃね。

それでも、子ども食堂をやっている八百屋のやおかぜさん探《さが》しは忘《わす》れないわ！

さあ、どこかな、どこかな？　八百屋のやおかぜさん？

外国のアニメ映画《えいが》なら、ここで歌って踊《おど》れば、まわりの人たちも一緒《いっしょ》に歌って踊り出して、八百屋のやおかぜさんの場所を教えてくれると思う。でも、ここは日本だからきっと無理だろうなぁ。

もしも、わたしがファンタジーの主人公なら、急に目の前に小さな動物が現れて、「麻耶ちゃん、君が探《さが》している子ども食堂かみふうせんはあっちだよ」なんて導いてくれるんだけどね。

あ、でも、三軒《さんけん》先のお店の前に置かれた看板《かんばん》に、さっきの掲示板《けいじばん》と同じポスターがはられていているわ。しかも、そこにくっついている赤い矢印が、力強く左を指している。

あそこまで行って左へ向かえば、子ども食堂かみふうせんにたどり着けそう！

修学旅行生と思われるセーラー服のお姉さんたちをかき分けて、わたしはその看板までかけて行った。

ウエストポーチを付けて、両目の下にほくろがある男の子が、看板にはられたポスターをじっと見ている。腰《こし》を曲げて、いかにも「興味アリ」といった様子。

けど、わたしが来ると、急にこそこそと離《はな》れて行っちゃった。

どこからどう見ても、子ども食堂かみふうせんに興味津々《きょうみしんしん》だったのに、どうして行っちゃったんだろう？

うーん、いくら考えてもわからないや。

ま、いいか。そんなことより、早くポスターをチェックして、子ども食堂かみふうせんを目指そう。

看板に顔を近づけ、目を細くしてよく見ると、そのすぐ後ろに八百屋のやおかぜさんがある。

八百屋のやおかぜさんは、何て言えばいいのかな？

うん、建物の造りは、木造の二階建て。

「やおかぜ」と書かれた緑色のテント状のひさしには、ところどころ穴や汚《よご》れが目立つ。

ひさしの両わきから、ポリフラワーと呼《よ》ばれるプラスチックでできた造花が、日に焼けて色あせたまま、風にゆれている。

美しさゼロで、ひびが入っているコンクリートの壁《かべ》。横から見ると、そのコンクリートの壁に、青い屋根がわらの、ふつうの家がくっついている

はっきり言って、ぼろい。古いだけで、レトロでおしゃれな雰囲気《ふんいき》が、ちっとも感じら

れない。

いいところと言えば、店先に並《なら》んだ野菜や果物《くだもの》だけが色とりどりで、みずみずしく新鮮《しんせん》に見えることくらいかな？

ポスターを一目見た瞬間《しゅんかん》にビビッときた感じは、いったい何だったのかしら？

今は、全然ビビッともピピッとも来ないや。

でも、よくよく考えなくても、ここは八百屋のやおかぜさん。子ども食堂かみふうせんではないのよね。

だったら、まだ希望はあるわ。

ポスターの下につけ足された赤い矢印の先から、見えないレーザービームが発射《はっしゃ》されているのをイメージしつつ、そっちへ出発進行！

出発進行と言えば、同じクラスの八潮《やしお》くんが、この前の休み時間に「出発チンコウ」なんて言いかえていたなぁ。

何がおもしろいのか、さっぱりわからなかったけど、クラス中の男の子たちは爆笑《ばくしょう》していたから、きっと男の子にだけはおもしろいネタなんだね。

およ。矢印の先には、せまい路地がありますぞぉ。

石畳《いしだたみ》と言うのかな？　それが土にはめこまれる形で縦《たて》一列に並んでできているわね。

全部で、いくつあるのかな？

アイン、ツヴァイ、ドライ……いけない。お父さんがときどき口ずさんでいた、ドイツ語の数え方になっちゃった。ここは日本人らしく、一つ、二つはいいけれど、三つ三日月、四つ横にもハゲがある……ああ、いけない、いけない。これは、お母さんが教えてくれた数え歌だ。

このまま数を数えていても、きっとまたおかしな考えに頭が飛んじゃうから、数えるのは、やーめた。

すると、赤い物が目の前でちらついたので、わたしは顔を上げた。

アッパッパと呼《よ》ばれるアロハ風のゆったりした赤いワンピースを着た、大きなおばさんが立っている。

ところどころ食べ物のシミが目立つ、薄《うす》ピンク色のエプロンをつけている。

どうして、この年ごろのおばさんて、髪《かみ》を短くしてチリチリにパーマをかけるのかな？

日本のどこかに『完全おばさんマニュアル』という本があって、子どもに内緒《ないしょ》で、日本全国のおばさんたちに配られていたりして。うふふ。

「子ども食堂かみふうせんへようこそ！」

クマみたいに大きいおばさんだったから、ちょっと怖《こわ》いかなと思った。でも、うそくさくなく笑って話しかけてくれたんで、すぐに怖くなくなった。

そうそう。ついに、子ども食堂かみふうせんの人と会えたんだから、ちゃんとあいさつをしなきゃ！

「こんにちは！　七草《ななくさ》第二小学校六年一組、出席番号一番、碧海麻耶です。本日は、おじゃまします！」

うーん、ちょっと名乗りすぎちゃったかな？　個人情報の流出ってやつになるかな？

「あらあら、ごていねいにありがとう、麻耶ちゃん。こちらも、自己紹介《じこしょうかい》しなきゃね。あたしは、子ども食堂かみふうせんの店長の井上佳代子《いのうえかよこ》よ。ふだんは、八百屋のやおかぜのおばさんをしているんだわ」

井上佳代子。

名前を耳にしたとたん、あるアイデアが私の中にひらめいた。

「『いの上』『か横』だと、五十音表に直せば『あ』さんになるんですね。ねえ、あーさんて、呼《よ》んでもいいですか？」

店長のおばさんは、一瞬《いっしゅん》わたしに何を言われたのか、わからないと言いたげに、目を丸くした。けど、一瞬がすぎた後には、大きな体をのけぞらせて笑った。

「おやまあ、本当だわ！　麻耶ちゃんて、おもしろいことを考えつく子だわ。いいわよ、あーさんと呼んでも」

「はい、あーさん！」

「じゃあ、立ち話していても暑いから、中に入ろうか」

そこで、あーさんがクマみたいな大きな体を横にずらすと、今まであーさんで隠《かく》れていたドアが見えた。

ドアはすでに開いていて、閉《し》まらないようにコンクリートブロックの破片《はへん》で止められている。『山門通り商店会』と右下に小さく書かれた、ヒマワリののれんがかけられていて、お店の中がすぐには見えないようになっていた。

銀色のドアノブには、A《エー》4サイズのホワイトボードがひもでぶら下がり、青い文字で「子ども食堂かみふうせん」と書かれている。

こういう手作り感満載《まんさい》なところが、まるでお祭りの出店みたい！

わくわくしつつ、あーさんの後に続いてのれんをくぐり、わたしは子ども食堂かみふうせんの中へ入った。

中に入ると、コンクリートの土間が広がっている。

ドアから向かって右には、土間より六十センチほど高くなっているお座敷《ざしき》席があった。

確か、こういうお座敷席を小上《こあ》がりと言うんだよね。ずっと前に家族でおそば屋さんに行ったとき、お父さんに名前を教えてもらったのを覚えている。

この小上がりは十畳間《じゅうじょうま》で、ベージュと茶色の市松模様《いちまつもよう》のカーペットが敷《し》かれていた。

そして、木のローテーブルが四つ置かれ、それぞれ足の短いパイプイスが四脚《よんきゃく》ずつある。

なんだか、どこかの田舎《いなか》のおうちにおじゃましたみたい。

まあ、わたしのおじいちゃんとおばあちゃんは東京に住んでいるから、田舎のおうちなんて全然知らないし、あくまで漫画《まんが》やアニメで見たイメージだけどね。

わたしが子ども食堂かみふうせんの中をながめていると、あーさんがほこらしげに笑った。

「ここが子ども食堂かみふうせんよ」

「ふつうの食堂と、どうちがうんですか？」

ポスターを見たときから気になっていたことを、わたしはたずねた。

「答える前に、麻耶ちゃん。好きな席に座《すわ》って。今、お水を用意するからね」

あーさんはわたしを小上がりに上げると、奥《おく》の戸口へ入っていった。ここからだと、白と藍色《あいいろ》のひものれんがかかっているのしか見えないけど、たぶん、あそこが台所ね。

あーさんはお水を用意すると言ってたけど、ガラスの小皿に入れたマスカットも一緒《いっしょ》に持って来た。

「一番乗りのお客さんに、特別デザートよ。無料だから、他のお客さんには秘密《ひみつ》にしてね」

あーさんは笑いながら、お水とマスカットをくれた。

「マスカットは種無しだし、きれいに洗《あら》っておいたから、皮ごと食べても平気なんだわ。手が汚《よご》れたら、ここにあるおしぼりで手をふいて」

特別デザート！

これは、うれしい！

あーさんが座るのを待ってから、わたしはお水とマスカットをいただいた。

五月と言っても、今日はかんかん照りの夏日。

こんな日だから、冷たいお水と甘《あま》くてみずみずしいマスカットは、とてもおいしい！

気がつくと、わたしはマスカットを全部食べてしまっていた。

「いい食べっぷりだね、麻耶ちゃん。では、おなかが落ち着いたところで、子ども食堂がふつうの食堂とどうちがうか、お教えしようかね」

あーさんは説明したくてたまらなそうに、うずうずした笑顔を見せる。

「お願いします！」

わたしは、ぺこりとあーさんに向かって頭を下げた。

「おやまあ、礼儀《れいぎ》正しい子だわ。あのね、子ども食堂はふつうの食堂とちがって、ある目的があって作られたものなんだわ」

「ある目的？」

「そう。それはね、子どもたちが、一人っきりでご飯を食べないですむようにすることなんだわ。だから、子ども食堂とは言っても、大人が一緒《いっしょ》に来てもいいの。でも、メインのお客さんは子どもだから、『子ども』食堂と言うんだわ」

「どこの誰《だれ》かわからない子どものために、わざわざ食堂を作っちゃったんですか！」

これは、びっくりするしかない！

わたしがぽかんとしていると、あーさんはまたも体をのけぞらせて、笑った。

「そうなのよ。前から、うちの前を通って試食の野菜や果物《くだもの》ばかりを食べていく子がいてね。うちのだんなと、なんでだろうかって首をかしげていたんだけどね」

野菜や果物の試食って、ほんのちょっぴりなのに。いったい、なんでなんだろう？

「ある日、チャンスがあったんで、その子とお話をしてみたら、びっくり！　その子は、お母さんと二人暮《ぐ》らし。けど、お母さんが忙《いそが》しくて、朝ご飯を作れないし、夜ご飯はお母さんから渡《わた》されたおこづかいで買わないといけない。だから、おなかいっぱい食べられなかったのね。それで、うちの試食を食べていたんだわ」

あーさんは反応を待つように、ここで言葉を切り、わたしをじっと見つめる。

「それが、どうして子ども食堂を作るのとつながっていくんです？」

あーさんは軽く息をついた。

「まあ、想像してみなよ、麻耶ちゃん。その子は、朝も夜も家でさびしく一人っきりで食べるんだよ？　せっかくのご飯の時間なのに、それじゃあ、おなかはすくし、ちっとも楽しくないでしょ？」

わたしは、少し考えてみた。

うん、ちっとも楽しくないわね。

「だから、せめておしゃべりをする相手がいて、さびしくない場所でおなかいっぱいご飯を食べられるようにしたくなったんだわ。うまい具合に、うちは子どもたちがみんな独立して部屋が余っていたから、それを食堂に改造したってわけ」

え？

ものすごーく、かんたんに言ってくれちゃったけど、家の改造って大変だし……。

わからないときは、迷わずレッツ質問！

「いくら部屋を食堂に改造できても、八百屋さんがいきなり食堂なんて、できるんですか？」

「それが、できるんだわ」

あーさんは得意げに、ふくみ笑いをする。

「まずね、飲食店の営業許可を保健所に申請《しんせい》するんだわ。すると、保健所の職員さんがやって来て、うちで食堂をやっても大丈夫《だいじょうぶ》か、検査してくれるのよ」

保健所って、名前だけならきいたことはあったけど、そういう仕事をしているんだ。

「で、食堂をやっても平気とわかったら、飲食店の営業許可証がもらえるんだわ。ただし、その許可証をもらえても、食堂には必ず食品衛生責任者ってのが一人必要なのよ」

わたしの頭に、またも新しい疑問《ぎもん》が生まれた。

「じゃあ、もしも、その責任者が見つからなかったら、どうなるんです？」

あーさんは落ち着きはらって、答えた。

「食品衛生責任者には、一日だけ講習を受けて勉強すれば、誰《だれ》でもなれるんだわ。あたしも、一万円の受講料をはらって勉強したらなれたんで、こうして子ども食堂を運営できるようになったんだわ」

するとあーさんは、わざわざ家を改造しただけではなく、お勉強もして、子ども食堂をオープンしたことになる。相当すごいんじゃない？

でも、あーさんは自分がとんでもなくがんばったと自慢《じまん》する様子もなく席を立つと、お皿いっぱいのマスカットを持って、もどって来た。

「ここへ来たお客さんで、子ども食堂かみふうせんが、どうやってできたのかと興味を持ってくれたのは、麻耶ちゃんが初めてだよ。だから、サービスにマスカットのおかわりね。これも、みんなには内緒《ないしょ》よ？」

「はい！　いただきます！」

こんなうれしい秘密《ひみつ》なら、一生内緒にし続けられる自信がある。

何せ、わたしは秘密を守ることが、得意なのだ！

八百屋さんをやっているだけあって、ここで出されるマスカットは、とってもおいしい。

またしても、わたしはマスカットをあっという間にたいらげてしまった。口の中が甘《あま》くなりすぎてベトベトしてきたと思ったところで、あーさんは水のおかわりをくれた。

「麻耶ちゃん。もうそろそろしたら、他のお客さんたちが来るから、テーブルを並《なら》べるのを手伝ってくれない？」

「はーい！」

わたしは、あーさんと一緒《いっしょ》に、小上《こあ》がりの上にある四つのローテーブルを一つにくっつけた。それから、イスをせっせと並べる。

「ふう！　いつもより準備が早く終わったわ。麻耶ちゃんのおかげで助かったわ！」

あーさんにお礼を言われ、わたしは照れくさくなった。

テーブルを運ぶのも、イスを運ぶのも、給食や掃除《そうじ》の時間にやることだから、特別お礼を言われるほどのことではない。

それなのに、あーさんの喜びようと言ったら、ボランティアをしてもらったみたいなんだから、大げさだなぁ。

まあ、喜んでもらえたから、いいや。

「こんにちは」

「おじゃまします」

ヒマワリののれんをくぐって、小学一年生くらいの男の子二人組が入って来た。

そして、二人仲良く鼻にしわを寄せて、顔をしかめ、声をそろえてさけんだ。

「おばさん、何かくさい！」

あーさんは、一瞬《いっしゅん》、困《こま》った顔になる。

でも、すぐに男の子たちの方へ行くと、二人を外に連れ出し、何やら説明を始めた。

小上がりにいるわたしには、外のやりとりは全然きこえなかったので、あーさんが何を説明したのかはわからない。

だけど、また中にもどって来たときには、男の子たちは鼻にしわを寄せて顔をしかめていなかったし、何かを納得《なっとく》したときに見せるスッキリとした顔をしていた。

「君たち、見ない顔だけど、七草第二小学校の生徒？」

わたしから離《はな》れた席に座《すわ》った男の子二人に、きいてみた。

二人は、そろって首を横にふる。

「おれは、七草第一小学校一年」

「おれ、梅檀館付属《せんだんかんふぞく》小学校一年」

「えっ、梅檀館付属小学校！」

梅檀館付属小学校と言えば、名門の梅檀館大学《せんだんかんだいがく》に付属《ふぞく》している有名私立《しりつ》小学校だ！

お金持ちか天才児しか行けないんだと、お母さんが前に教えてくれたのを覚えている。

「こいつんち、ガクヒはらうのが大変で、パパとママが毎日遅《おそ》くまで働いてて、飯をここに食いに来るんだ」

七草第一小学校だと答えた男の子が、かわりに説明する。

うーん……あーさんが言ったとおり、何だか、さびしい話だわ。

この男の子に、名門私立小学校に通っていてすごいね、といくら言ってあげても、お父さんやお母さんと一緒《いっしょ》にご飯を食べられるようにはならないから、さびしさの埋《う》め合わせにはならないものね。

「こいつの家はボシカテーで、お母さんが看護師《かんごし》の仕事で忙《いそが》しいから、ご飯をここで食べるんだよ」

梅檀館付属小学校の男の子が、お返しとばかりに、友だちの事情を説明する。すると、この子が、さっきあーさんが話していた子かな？

「いろいろな事情があるんだ。小さいのに、大変だね」

小学六年生として、下級生のお世話をせねば！

……という気持ちが芽生《めば》えても無理もない話を、男の子たちからきかされたので、わたしは小上《こあ》がりから降《お》りて、台所にいるあーさんのもとへ行った。

「あーさん、チラシでも何でもいいから、いらない紙があったら、もらえますか？」

あーさんは、ブタ肉のうまみがきいた、みその香《かお》りに包まれ、大きなお鍋《なべ》をお玉でかき混ぜていた。

わたしに気がつくと、中身が冷めないように、すぐに鍋にふたをして、近くへやって来た。

「いらない紙ならいくらでもあるけど、何に使うの？」

「今来た子たちに、折り紙を折ってあげたいんです」

わたしの数少ない趣味《しゅみ》であり、特技は、折り紙だ。

学校の休み時間には、いつも折り紙ばかり折っている。おかげでロッカーの中は折り紙でいっぱいだったが、最近では気がつくと、誰《だれ》かが片《かた》づけておいてくれている。

これは、イギリスの古いお屋敷《やしき》でお手伝いをしてくれる妖精《ようせい》のブラウニーが日本へやって来て、わたしのロッカーを片づけてくれているんだ……。と、わたしはいつも想像をふくらませるようにしている。

「へえ！　麻耶ちゃんは、折り紙が得意なんだ？　だったら、ちょっと待って。この前、寄付でいただいた折り紙があるから、それをよかったら使って」

あーさんはエプロンで手をふくと、いそいそと台所の食器だなの引き出しから折り紙を取り出して、わたしに渡《わた》してくれた。

「ありがとうございます！」

あーさんから折り紙をもらって小上《こあ》がりへもどると、今度は、まちがいなく姉妹と思われる女の子二人が席に着いていた。小学三年生くらいと小学一年生くらいの女の子で、とても顔が似ている。

小さな姉妹はわたしを見ると、ぎょっとした顔になった。でも、男の子二人組がにやにや笑って目で合図すると、すぐにうなずく。

どうも、わたしに内緒《ないしょ》でいたずらを企《たくら》んでいるようだけど、六年生のお姉さんを甘《あま》く見ない方がいいぞ？

いたずらする気をなくすくらい、おもしろい物を折ってあげるんだから！

わたしは何も気づいていないふりをして、席に着いた。

「お待たせ。これから折り紙を折るけど、何か折ってほしい物があったら、言ってみて。何でも折ってあげるわよ！」

「何でも！」

小学一年生くらいの女の子が、わたしの言葉にすぐに飛びついてきた。

すぐに、お姉さんと思われる女の子に肩《かた》をこづかれて口をつぐんだけど、期待に満ちた目をわたしに向けていた。

「じゃあ、ティラノサウルスを折って！」

梅檀館付属《せんだんかんふぞく》小学校に通っている方の男の子が、手をあげた。

ティラノサウルスか。男の子は恐竜《きょうりゅう》が好きね。

「いいわよ」

わたしはすぐに茶色の折り紙を選んで、ティラノサウルスを折ってあげた。

完成した直後、一瞬《いっしゅん》、静まり返ったけど、すぐに歓声《かんせい》があがった。

「次は、何を折ってほしい？」

すっかり折り紙のティラノサウルスに心をうばわれている男の子を横目に、わたしはみんなに呼《よ》びかけた。

「ウサギ！」

小学三年生くらいの女の子が早口で、それでいて、大声で言った。

「クワガタ！」

七草第一小学校に通っている男の子も、負けずにさけぶ。

「バラ！」

小学一年生くらいの女の子は、みんなよりワンテンポ遅《おく》れて言った。

「ウサギとクワガタとバラね。じゃあ、順番に折るから、待っていてね」

ウサギなら白、クワガタなら黒、バラなら紫がいいわね。

わたしは折り紙の袋《ふくろ》から、折るものにふさわしい色を選ぶ。

「わあっ！　みんな、すごいのを折ってもらったわねぇ！」

あーさんが、おぼんにおむすびとトン汁《じる》を運んでくるなり、感心したように大声をあげた。

「このお姉ちゃん、折り紙のスペシャリストなんだぜ！」

「おれ、ティラノサウルスを折ってもらった！」

「わたし、ウサギ！」

「バラもらった！」

お客さんたちは大はしゃぎで、わたしが折った作品をあーさんに見せびらかす。

それから、女の子たちが、笑顔でわたしに自己紹介《じこしょうかい》をしてくれた。

思ったとおり、二人は小学三年生と一年生の姉妹だった。

ママ友《とも》たちと外食したいお母さんに気を使わせずに、子どもだけで外食できるので、子ども食堂を利用しているとのこと。

つまり、ご飯を一人で食べたくないからではなくて、のびのびと気楽にご飯を食べたいから、子ども食堂へ来たというわけね。

子ども食堂には、いろいろな利用の仕方があるんだなぁ。

それにしても、小さい子たちから、こんなに笑顔で話しかけられるなんて！

初めてのことだから、すごくうれしいけど、なんだか、むずがゆい気分。

「では、みんな。これからお昼ご飯だから、せっかくの折り紙を汚《よご》さないように、いったんテーブルから下ろしてちょうだい」

「はーい！」

わたしも、お客さんたちも、言われたとおり、声をそろえてテーブルの上から折り紙を片《かた》づける。

それから、おむすびとトン汁《じる》を並《なら》べた。

おむすびは、ささの葉の形をした濃《こ》い緑色のお皿に二つずつ並んで乗っていた。はしっこには、たくあんが添《そ》えられている。

「今日のおむすびの具は、おかかとシャケなんだわ。今回は、町の人の寄付でいただいたお米なんだわ」

「わかったから、早く食べようよ、おばさん」

クワガタの折り紙を持った男の子が、あーさんをせかす。

「はいはい。ああ、後ね。おばさん、今日から『あーさん』と呼《よ》んでほしいんだわ。何かその方が、若返《わかがえ》った気分になれるからね」

なるほど、わたしが思いついた呼び名を気に入ってくれたのは、そのせいね！

「あーさん？　そう呼べばいいのか。わかった」

「あーさん、ターザンの親せきみたいだな」

「あーさん。あーさん。あーさん。うん、覚えた！」

「あーさん……で、本当にいいの？」

「いいんだってば。はい、それでは、みんなで一緒《いっしょ》に『いただきます』をしましょうかね」

あーさんは、お客さんたちに自分の新しい呼び名をすっかり覚えこませると、両手を合わせた。

「はい、いただきます！」

あーさんが大きな声で言うと、お客さんたちも、慣れた手つきで両手を合わせた。

「いただきまーす！」

「い、いただきます！」

わたし一人だけタイミングがずれてしまって、ちょっとはずかしかった。

でも、誰《だれ》も気にしていない。

なぜって？

みんな、勢いよくおむすびにかぶりつき始めたからだ。

小学一年生なんて、最近まで幼稚園《ようちえん》や保育園に通っていたおちびさんなのに、こんなにも力強いとは！

まあ、いいや。

それより、ちょっとタイミングがずれただけでからかわれなくて、よかったわ。

わたしは、おむすびを手に取った。

「あれ？　お米の色がちょっと茶色っぽい？」

炊《た》きこみご飯なら、色がついていてもおかしくない。だけど、さっきあーさんが言ったおむすびの具は、おかかとシャケだ。色がつく理由が、どこにもない。

わたしがおむすびと見つめ合っていると、となりにあーさんが座《すわ》った。

あーさんは縦《たて》にも横にも大きいから、まるでとなりにクマが座ったみたい。

「麻耶ちゃん、いいところに気がついたわ。さすが六年生のお姉さんね」

下手したら、お米の色に文句をつけたような発言にもきこえるのに、あーさんは上機嫌《じょうきげん》だった。

「これはね、玄米《げんまい》だから、茶色っぽいのよ。玄米は、みんながよく食べている白米とはちがって、胚芽《はいが》のように栄養のある物がくっついたままのお米だから、茶色っぽいんだわ。それに、白米とくらべると、ちょっと硬《かた》めだから、あごがきたえられて、いいわよ」

「いろいろとお得なお米なんですね！」

お米が古くて茶色っぽいのではないとわかり、わたしは安心した。

大きく口を開けて、おむすびにかぶりつく。

おいしい！

わたしは、夢中になっておむすびを食べた。

「麻耶ちゃん、トン汁《じる》もときどき思い出してあげてね」

あーさんがわたしに呼《よ》びかけると、三年生の女の子がくすりと笑った。

「ちゃんと、おむすびと一緒《いっしょ》に食べてあげないと、トン汁が『ボクを食べてよー』って言うんでしょう、おばちゃ……あーさん」

女の子があーさんの方に向かって笑ったので、ほっとした。六年生にもなって、ご飯の食べ方がおかしいのをからかわれたのかと、ひやりとしたせいだ。

急いでトン汁へ手をのばす。

トン汁からは、ホカホカと白い湯気が立ちのぼっている。ダイコンとニンジンとゴボウとブタ肉と油揚《あぶらあ》げとコンニャクが、仲良くみそ汁の中につかっていた。

うちでお母さんが作ってくれるトン汁は、具とみそ汁の割合《わりあい》が、三対七くらい。けど、このトン汁の割合は、五対五だ。煮汁《にじる》の多い煮物に見える。

でも、口をつけてみると、まちがいなく、みそ汁だった。

ほのかにダイコンとコンニャクの香《かお》りがするみその味は、たまらなくおいしい！

わたしは、トン汁《じる》をそのまま三分の一ほど食べると、また、おむすびにもどる。

さっき食べたのは、おかかだったから、今度はシャケだ！

でも、またおむすびだけ食べ続けると、お行儀《ぎょうぎ》が悪くて、小さい子たちの前で六年生としての「しめし」がつかない。だから、おむすびを二口食べたらトン汁を食べる、というリズムを決めた。

うん、これでちゃんと順番に、ご飯とおかずを食べているように見えるわね！

自分でもほれぼれとするリズミカルさで、わたしはご飯を食べ終えた。

よく見ると、まだ一年生の女の子は食べ終えていない。

はしがうまく使えず、トン汁の具を口へ持って行く途中《とちゅう》で、何度も落とすせいだ。そのたびに、三年生のお姉さんが、はしで拾って妹に食べさせてあげている。

まだ小さいのに、ちゃんとお姉さんなのね。えらいなぁ。

わたしが感心しているうちに、やっとのことで一年生の妹も食べ終えた。

コップの水を飲みほし、ひと段落《だんらく》したところを見計《みはか》らうように、あーさんがまた顔の前で両手を合わせた。

「はい、みんな。ごちそうさまでした」

「ごちそうさまでした！」

今度はどうすればいいかわかっていたので、みんなに遅《おく》れず、わたしも一緒《いっしょ》に顔の前で両手を合わせて、ごちそうさまを言えた。

「夕食の時間は、午後五時からね。それまでは自由解散！」

「じゃあ、また五時！」

「おれは、今日はお昼だけなんで、これでさようなら」

「うちも。ほら、帰るわよ」

「お姉ちゃん、待って」

あーさんが言うと、お客さんたちは次々と小上《こあ》がりを降《お》り、くつをはいて子ども食堂かみふうせんを後にする。

わたしも、おなかいっぱい食べられたし、そろそろ家に帰ろうかしら。

小上がりから降りて、くつを引っかけようとすると、あーさんがわたしの肩《かた》に大きな手を乗せた。グローブみたいに分厚くて、ちょっぴり重たいけど、温かい。

「麻耶ちゃん、せっかく子ども食堂かみふうせんに初めて来たんだから、おやつを食べて行きなよ。リンゴがよく冷えているんだわ」

ラッキー！

あーさんが出してくれたリンゴはきれいにスライスされていて、フォークで刺《さ》すと、じわっと透明の果汁《かじゅう》がにじみ出てくる。思ったとおり、口の中に入れたリンゴに歯が刺さったとたんに、甘い果汁がたくさん出てきた。

おいしい！

夢中になってリンゴをほおばっていると、あーさんが向かいに座《すわ》って、ほおづえをつきながら、わたしを見る。

それから、こう言った。

「それで、麻耶ちゃん。いつから、おうちのガスと水道と電気は止まっているの？」

わたしは、リンゴをかむのを、やめた。

二か月前。

春休みのことだった。

わたしが眠《ねむ》っていると、お父さんとお母さんが、夜中にこっそりと相談している声がきこえた。

話は、お父さんの仕事についてだった。

一昨年《おととし》、お父さんが、会社の社員からもっとえらい役員になった。

派遣《はけん》社員からスタートして契約《けいやく》社員になり、やっと正社員になっても、仕事の量と責任が増えただけで、ちっとも給料は上がらない。だから、いつもうちは火の車だ。お母さんはそうぼやきながら、ショッピングモールに入っているスーパーマーケットへレジ打ちのパートに出かけていた。

ショッピングモールは、すてきなレストランとフードコートをはじめ、いろいろなお店がたくさんあった。ときどきお母さんに連れて行ってもらったときは、ながめるだけでも、楽しかった。

お父さんが役員になれば、もっとお給料が増える。

だから、ショッピングモールのすてきなレストランで食事ができるようになると、お父さんとお母さんは笑いながら、言っていた。

わたしは、いつかそんな日が来ることを楽しみにしていた。

だけど、日に日にお父さんとお母さんの笑顔は、なくなっていった。

去年から、わたしは美容院へ行かず、お母さんに髪《かみ》を切ってもらうようになった。

服は、もともと中古ショップで買っていたものが、それすら買わなくなってきていた。だけど、すぐに合わなくなるからと、お母さんがいつも大きめのサイズを買ってくれていたおかげで、あまり困《こま》らなかった。

でも、くつと上ばきは、ちがった。だんだん小さくなってきても、新しく買ってほしいと頼《たの》みにくい空気が、家中にただよっていた。

だから、かかとをふんで、はき続けていた。今も、かかとをふんで、くつを引っかけて、はいている。

二人がこっそりしていた会話をかき集めてまとめると、どうやらお父さんは役員になったことで、ボーナスが出なくなったらしい。

よくわからないけど、役員は会社を経営するえらい人だから、会社に使われている側の社員のようなボーナスは出ないらしい。

だから、役員になって給料が増えたと思ったのはかんちがいで、単に夏と冬に出るボーナスの金額が、給料に上乗せされただけだった。

役員になる契約《けいやく》には、こうした内容がわからないように書いてあったので、お父さんは気づかなかったのだ。

しかも、役員になるときに、お父さんは会社の株《かぶ》を買うことを社長さんたちと約束して、貯金を全部はたいた。

株の方が、銀行に預けているよりもお金が増えるし、会社の経営の役に立つ。それが、社長さんたちが株を買うように勧《すす》めた理由だった。

だけど、その株のお値段《ねだん》は、お父さんが買ったときよりも、うんと安くなっていった。たとえば、一千万円の貯金で買ったものが、たった百円になるくらい、株のお値段がうんと安くなってしまっていた。

そして、株のお値段が、うんと安くなった責任を取るために、お父さんは会社に辞表を提出させられた。

仕事をやめさせられ、お給料も貯金もほとんどなくなり、家賃《やちん》すら、はらえない。

これからどうやって暮《く》らしていけばいいのか？

それが、お父さんとお母さんが夜な夜な話している内容だった。

でも、二か月前のあの日は、ちがっていた。

――麻耶は連れて行けないよ。

――そうね。わたしたちだけで行きましょう。

お父さんとお母さんが、どこかへ出かける相談をしていた。

相談どころか、出かける支度《したく》を始める物音がきこえたので、びっくりした。

急いで飛び起きて、連れて行ってほしいと頼《たの》んだ。

お父さんとお母さんは、ちょっと困《こま》った顔をした。

それから、ほほえんだ。

久しぶりに見る、お父さんとお母さんの笑顔だった。

――麻耶には、家でお留守番をしていてほしいんだ。

――お母さんたちが帰ってくるまで、留守番をお願いね。もうすぐ六年生のお姉さんになるんだから、できるでしょう?

突然《とつぜん》のことで、「うん」と返事する以外、何と答えればいいのか、わからなかった。

月も星も見えない真っ暗な夜。

わたしは、お父さんとお母さんが家から出て行くのを、車のテールランプが見えなくなるまで見送った。

わたしのお留守番生活は、最初のうちは問題なかった。

冷蔵庫《れいぞうこ》や食器だなの中にある野菜やカップラーメンを食べられたし、さびしかったらテレビを見ればよかった。

でも、一週間すぎると、冷蔵庫の中はからっぽになった。

二週間すぎると、食器だなの中もからっぽになった。

三週間すぎたときには、わたしがご飯を食べられるのは、学校の給食だけになった。

そこで、給食の余りを家に持ち帰って夜ご飯にした。金曜日の給食のときは、土日のご飯にするために、余りをたくさんもらって帰った。

四週間がすぎたとき、困ったことが起きた。

電気もガスも水道も、全部止まってしまった。

これで、水を飲んでおなかをふくらませることが、できなくなった。手を洗《あら》ってうがいをすることもできないし、お風呂《ふろ》にも入れなくなった。

春が本番を迎《むか》えて、初夏に向かって汗《あせ》ばむ天気が増えてきたのに、お風呂に入れないのは、きつかった。

顔も髪《かみ》も体も洗えないし、服も洗えない。

水を使えないと、こんなにきついとは、思いもしなかった。

仕方ないので、公園や学校の流し場で、顔や手を洗った。

水も、そこで飲んだ。おなかがいっぱいになるまで、飲んだ。

夜寝《ね》ると、ごちそうを食べる夢をよく見るようになった。だけど、だんだん、ごちそうが出てきても、何かとじゃまが入って食べられない夢に変わっていった。

ゴールデンウィークは、大変だった。

学校がお休みだから、給食を食べられない。土日に食べるためのご飯も確保できない。

わたしは家中を探《さが》しまわり、お金をかき集めた。

お金は、全部で四千七百十二円あった。

百円ショップに行き、そのお金で食べ物を買った。

五個入りの小さなアンパンを、一日一個ずつ食べる。

体力を使っておなかがすくといけないから、百円ショップに出かける以外は、できるだけ家の中でじっと寝ていた。

でも、トイレに行っても水が流れないので、家中がひどくくさくなってしまった。

そこで、学校が始まり、給食を食べて元気になったところで、道ばたで拾った、からのペットボトルに公園の流し場の水を入れて、トイレを流した。

だけど、この時点で、すでにくさいのは家の中だけではなかった。

ずっとお風呂《ふろ》に入っていないわたしも、うんとくさくなっていた。

洗《あら》えていない髪《かみ》や体はもちろん、服も薄汚《うすよご》れて、におってきていた。

だから、さっき子ども食堂かみふうせんの看板《かんばん》の所で出会った男の子が、わたしを見たとたんに逃《に》げたのも、わたしがくさかったせいだ。

お客さんの男の子二人組がくさいと言ったのも、子ども食堂かみふうせんがくさかったのではない。わたしが原因だ。

わかっていた。

わかっていたけど、認《みと》めたくはなかった。

久しぶりに、遊び相手になってくれそうな子たちが、ここにはいたから……。

何よりも、せっかく、あーさんが優《やさ》しく迎《むか》えてくれたこの場所から、離《はな》れたくはなかったから……。

学校では、クラスの男の子たちが、くさいと言って、毎日蹴飛《けと》ばしてくる。

もうこれ以上くさくなりようがないと言って、掃除《そうじ》の時間に雑巾《ぞうきん》を洗ってしぼった水をバケツでかけられたこともあったし、顔を雑巾でふかれたこともあった。

ロッカーの中の折り紙が急になくなるのも、妖精《ようせい》さんのしわざなんかではない。

本当は、男の子たちが嫌《いや》がらせで捨《す》てているからだ。

異変《いへん》に気づいた担任《たんにん》の先生は、どうしてわたしが汚《よご》れた服で学校に来るのか、きいてきた。

でも、家で水が使えないからとは、なぜか言えなかった。

そこで、洗濯機《せんたくき》が壊《こわ》れて使えないので、修理がすんだらきれいにして来られる。だから平気ですと、わたしは先生に笑ってみせた。そうやって守れない約束をして、先生がそれ以上、うちのことをきいてこないようにした。

自分でも、いいことをしたとは思わない。

でも、お父さんとお母さんがいない今、どうすればいいのか、考えられなかったから、守れない約束をするしかなかった。

ただ、ぼんやりと、お父さんとお母さんがいないことを誰《だれ》かに知られたら、もっとひどい目にあいそうな恐《おそ》ろしさがあった。お父さんとお母さんが二度と家に帰ってこない気がした。

こうして、わたしは、お父さんとお母さんが家にはいないという、最大の秘密《ひみつ》を守り通してきた。学校で心配そうに声をかけてくれた、よそのクラスの女の先生にさえも黙《だま》って。

今日までは……。

「もしもし？　ええ、そうなんです。はい」

あーさんがどこかに電話しているのを、わたしはお風呂《ふろ》から出てすぐに耳にした。子ども食堂かみふうせんは、あーさんの家でもあるから、すぐにお風呂に入ることができた。

わたしは、久しぶりにお風呂に入って、体や髪《かみ》を洗《あら》ってじっくりと温まった。それから、お孫さんのお古を借り、子ども食堂かみふうせんの小上《こあ》がりで休ませてもらった。

お孫さんはあーさんと同じクマさん体型なのか、借りた半そでシャツもハーフズボンも、ぶかぶかだった。

あーさんは電話をかけ終えると、麦茶を持って来てくれた。

そして、これまで長そで長ズボンに隠《かく》れて見えなかった、わたしの腕《うで》や足のアザに気がついて、青ざめた。

「麻耶ちゃん、誰かに暴力をふるわれたの？」

クラスの男の子たちに蹴飛《けと》ばされたり、突《つ》き飛ばされたりしたときにできたアザを見られたので、わたしは首を横にふった。

「ちょっと転んだり、階段《かいだん》からすべり落ちたりしたときに、けがしただけです」

あーさんに心配をかけたくなかったので、わたしは笑いながら、何でもないふりをして見せる。

そう。わたしは、何でもないんだ。

お父さんとお母さんがいなくたって、何でもないから、ちゃんと一人で留守番できる。

何でもないから、わたしは笑っているんだ。

何でもないから、何でもないから……。

「麻耶ちゃん。つらいときは、泣いてもいいんだよ?」

つらい?

つらくなんてないよ。

つらいと認《みと》めてしまったら、わたしは……。

……わたしを家に置き去りにしたお父さんとお母さんが憎《にく》い!

おなかがすいた!

さびしい!

いじめてくるクラスの男子ども！

頼《たよ》りにならない先生！

知らんぷりする友だち！

見て見ぬふりの近所の人たち！

お父さんをだました会社の人たち！

こんな世の中を作った、えらい人たち！

思いつかないほどたくさんの人たち！

みんなみんな、大嫌《だいきら》い！　憎い！

……黒くてドロドロとした感情が、わたしのおなかの奥《おく》からこみ上げてくる。

きっと、この感情を抱《かか》え続けたら、わたしは押《お》しつぶされて、生きていけない。

だから、つらいなんて認めない。

楽しいことだけを考えるんだ。

楽しいことだけを考えて、生きて、お父さんとお母さんの帰りを、家で待つんだ……。

「うん、そうよ、麻耶ちゃん。泣いていいんだわ。さっき、小学校に電話して、担任《たんにん》の先生が教えてくれた緊急連絡先《きんきゅうれんらくさき》の電話番号にかけたら、麻耶ちゃんのおばあちゃんに連絡《れんらく》が取れたんだわ。すぐにおじいちゃんと二人で、迎《むか》えに来てくれるって」

目の前にいるのに、あーさんの言葉がやけに遠くきこえたのは、わたしの目からあふれ出す涙《なみだ》が、世界とわたしをへだてる分厚い幕《まく》になっていたせいだ。

「麻耶ちゃんが来たときから、ずっと気になっていたんだわ。年ごろのかわいい女の子が、あんなに薄汚《うすよご》れているなんて、絶対に理由があるんだってね。しかも、とてもやせて顔色が悪くて、おなかをすかせているみたいだったからね」

そう言うあーさんも、わたしの秘密《ひみつ》を知ってから、ちょっと顔色が悪い。

「何とかして、麻耶ちゃんが今、どういう状況《じょうきょう》なのか知りたくてね。一緒《いっしょ》にマスカットを食べたり、お客さんの子どもたちに、麻耶ちゃんがどういう家の子なのか、きき出してもらおうとしたりしたんだけど……。麻耶ちゃんは子どもたちと一緒に折り紙を始めたんで、失敗しちゃったんだわ。それで、遠回りにきき出そうとしないで、直接、麻耶ちゃんにきくことにしたのよ。……きいて、正解だったわ」

あーさんは、麦茶のおかわりをそそいでくれる。それから、わたしにバナナを差し出した。

「おじいちゃんとおばあちゃんが迎えに来てくれたら、ここで一緒に夕食を食べて行くといいわ。子どもだけじゃなくて、いろいろな人に来てもらって交流してもらうのが、子ども食堂の役割《やくわり》でもあるからね」

おじいちゃんとおばあちゃんに会うのは、二年生のとき以来だ。

顔もあんまり覚えてないし、しかもこんな状況だから、何を話していいか、わからない。どうしてすぐに連絡《れんらく》しなかったんだと怒《おこ》られるかもしれないし、泣かれるかもしれない。

はっきり言って、気が重い。だから、電話なんかしなかったんだ。

でも、この子ども食堂かみふうせんでなら、おじいちゃんとおばあちゃんに怒られても、あーさんがかばってくれそうだ。

バナナをむいて食べながら、わたしは気がついた。

あーさんって、クマはクマでも、夜一緒にお布団《ふとん》で寝《ね》るクマのぬいぐるみに似ている。

おなかだけではなく、わたしの中に確かにある何かが、満たされていく。

ドアののれんのすきまから、夕暮《ゆうぐ》れの日差しがサファイア色にのぞいていた。

第二章

八潮闘志《やしおふぁいと》のはなし

生麦・生ゴミ・生碧海《あおみ》！

これが、最近のおれの最高傑作《さいこうけっさく》なキャッチコピーだ。

本当、同じクラスの碧海麻耶《あおみまや》の汚《きたな》さと言ったら、ひどい。

いつも変な目つきをして、ぶっても蹴《け》っても気にする風もなく笑うだけでもヤバいのに、体中汚いし、くさい。

歩く公害。

汚染物質女《おせんぶっしつ》。

給食残飯処理班《しょりはん》。

これは、おれがあいつにつけてやったキャッチコピーの中でも、特に切れ味がよかったやつだ。

もう、頼《たの》むから教室どころか、学校に来ないでほしいくらい、あいつはくさい。

あぶらっぽい髪《かみ》に、白いフケがいっぱいわいているんだ！

服も洗濯《せんたく》していないから、黄ばんでいると言うか、白っぽくなっていると言うか。

こっちはあんなのをじっくり見たくもねえのに、あまりの汚さに見ずにはいられない。

公園に住み着いたホームレスのじじいよりも、汚いんだから、ヤバすぎる。

そう言えば、あのホームレスのじじい、最近見かけないな。

昼寝《ひるね》しているところに、おれたちがジュースを浴びせてやったせいかな？

せっかくおもしろいおもちゃだったのに、残念だ。でも、あんな負け犬、覚えている必要ないし。

それより、今日も碧海は学校に来るだろうか。

金曜日、おれが「汚ねえな、生ゴミ生碧海。片《かた》づけてやるよ」と言いながら、あいつがロッカーにためこんでいた折り紙を全部捨《す》ててやったから、ショックで引きこもりになったか？

「おはよう」

おっ、今のは碧海の声だ。

あいつ、バカだよな。

嫌《きら》われているのにヘラヘラして、教室に来ると、必ずあいさつなんかして。

誰《だれ》も、てめえみたいな生ゴミに返事しねえっつーの。

吉田《よしだ》の雑巾《ぞうきん》がいい感じに生乾《なまがわ》きでくさいから、また碧海の顔をふいてやろうかな。

でも、できなかった。

吉田が雑巾を貸してくれなかったからではない。

吉田は、おれが手を出したら、すぐに心得たように雑巾を渡《わた》してくれた。

できなかったのは、碧海を教室のどこにも確認《かくにん》できなかったせいだ。

おいおい、どこ行った？

まさか、今の声は碧海の幽霊《ゆうれい》だったのか？

「闘志《ふぁいと》、あれ……」

吉田がほほを赤らめて、指を差した。

吉田の指先の、さらに先を見てみると、見たこともない女子生徒が、碧海の席に着いていた。赤いセルフレームの眼鏡《めがね》をかけ、人気デザインのブランド服に身を包んでいる。

その女子生徒を、クラスの女子たちはうらやましそうに見ては、ささやき合っている。

「闘志の妹ほどではないけど、すげえかわいい！　転校生かな？」

おれより一歳《いっさい》年下の妹の良好《ふぁいん》は、ドラマや映画《えいが》、バラエティーで活躍《かつやく》する、超《ちょう》人気子役だ。

どれだけ人気かと言うと、赤ちゃんにつけられた一番多い名前ランキングで、「ふぁいん」という名前が五年連続一位を取っているほどだ。

ふつうに考えれば、こんなDQN《ドキュン》ネーム、つけようと思う親はうちの親以外、いない。でも、良好があまりにも人気者だから、みんな考える暇《ひま》もなく、ふつうに自分の子どもに同じ名前をつけるのだ。

なお、良好はおれとはちがって、名門私立《しりつ》の梅檀館《せんだんかん》付属《ふぞく》小学校に通っている。

吉田がおれにいつも従《したが》っている理由は、おれの方がパンチもキックも強いのと、良好の大ファンだからだ。

「転校生だとしたら、かわいそうだな。あいつ、碧海の席に座《すわ》っちまっているもんな」

すぐにかわいい女子に赤くなる吉田とはちがい、おれは良好の仕事の関係で、うんとかわいい女子をよく見かけるので、あの程度のかわいい女子、どうってことはない。

そうそう、吉田がいつもおれに従っている、もう一つの理由を思い出した。

おれが、かわいい女子たちにモテるから。

あわよくば、おれを通じて、お友だちになろうという下心もあるんだった。

おれがモテるのは、気のせいではない。

たとえば、ときどき、うちのマンションのエントランスホールで見かける、よそのクラスの女子で、そこそこかわいい子がいる。

名前を知らないその子は、いつもおればかりコソコソ見ているが、吉田の方を見向きもしない。

そう考えると、吉田もあわれだな。あの転校生の女子は、吉田よりも、おれの方を好きになりそうだ。

すると、学級委員の鈴木《すずき》が、碧海の席に座《すわ》った転校生に近づいていった。

「ねえ、碧海さん。どこでその服を買ったの？　水色は限定カラーで、入手困難《こんなん》だから、すごいわ！」

「えええっ！」

おれと吉田、それにクラスの残りの男子一同、鈴木の発言に絶叫《ぜっきょう》をあげた。

そのため、謎《なぞ》の転校生が鈴木にした返事が、おれたちの声でかき消された。

謎の転校生が、あの碧海だと見抜《みぬ》けたな、おい！

鈴木！　おまえ、よく転校生の正体が碧海だと見抜けたな、おい！


「ところで、碧海さん。眼鏡《めがね》をかけているけど、目が悪かったの？」

鈴木は、女子にありがちな話し方で、すぐにちがう話題に移っていた。

碧海は、赤いセルフレームの眼鏡をかけ直した。

「うん。昨日検査に行って、わかった。それで、いとこのお姉さんが選んで買ってくれたの。世界が今までとちがって見えるんだ」

今までとちがって見えるのは、世界ではなく、おまえの方だっ！

おれだけではなく、おそらくクラス中の男子たちが同じツッコミを入れただろう。

「ヤバいよ、闘志。おれ、恋《こい》に落ちそう……」

「おう、勝手に落ちてろ。止めねえぞ」

漫画《まんが》だったら目がハートになっていると思うほど、吉田は先週の金曜日までおれと一緒《いっしょ》に「汚《きたな》い」「くさい」と言っていた碧海を、食い入るように見つめる。

吉田がすぐにかわいい女子に夢中になるのは、今に始まったことではないから、どうでもいい。かえって、いじるネタになるから、当分みんなで楽しめる。

今、問題なのは、碧海の大変身だ。

全身整形クラスのイメチェンをとげた碧海を、今までのように、ぶったり蹴《け》ったり、雑《ぞう》巾《きん》で顔をふいたり、雑巾を洗《あら》った水をぶっかけたり、階段《かいだん》から突《つ》き飛ばしたり、足を引っかけて転ばしたり、「汚《きたな》い」「くさい」と言ったりしようものなら、クラスの女子全員を敵にまわしそうな空気が、すでにできあがっている。

何せ、鈴木が碧海と話し始めたら、ほかの女子たちも、碧海のまわりに集まってきているほどだ。

女子ってのは、中途半端《ちゅうとはんぱ》にかわいい子には、自分の方が上だと思ってバカにするか、仲間はずれにするが、良好のようにずば抜《ぬ》けてかわいい場合は、しっぽをふってなついてくる。そして、うまいこと、自分もかわいくなる秘《ひ》けつをきき出そうとする。

計算高い生き物だよな、女子って。

チッ……。「碧海さんから、うまいことかわいく変身できる秘けつをきき出すためなら、何でもするわ!」という女子の熱い空気さえなければ……。

生ゴミ生碧海のくせに、おしゃれしてきた気持ち悪い碧海に、吉田の雑巾をぶつけて、あいつにふさわしいように服を汚《よご》してやれるのに。

だが、碧海がイメチェンしたせいで、女子が味方につきつつある。
つーか、完全に味方についた。
こうなると、碧海をからかいにくくなるから、おれたちの楽しみがなくなってしまう！
マジいらねえよ、碧海！
とにかく、このタイミングで碧海をからかうのは、なしだ。
クラスの女子がいないタイミングをねらおう。
だから、今は……。
おれは、吉田の顔を雑巾でふいてやった。
「うへっ、何すんだよ、闘志？」
「キモい面《つら》していたから、きれいにしてやろうと思ったんだよ」
とたんに、教室中が笑いにあふれる。
笑ってないのは、碧海だけだ。
こいつの、こういう空気を読まないところが、イラつくんだよな。
本当、マジいらねえよ。
佐藤《さとう》と田中《たなか》と高橋《たかはし》と渡辺《わたなべ》が、おれのまねをして吉田の顔を雑巾でふくのを見ながら、おれは碧海を再び標的にする方法を考えた。

だが、いい考えは浮《う》かばないまま、あっという間に二週間がすぎてしまった。

この間、おれと友人たちは、碧海をからかうのを忘《わす》れていなかった。

全身整形クラスのイメチェンをとげても、碧海はしょせん生ゴミ生碧海なのだと思い出させ、調子こくなと、今までのように雑巾《ぞうきん》をぶつけようとも、雑巾を洗《あら》った水を浴びせようともした。

ところが、だ。

碧海はどこで知恵《ちえ》をつけたのか、おれたちが遊んでやろうとすると、素早く職員室へ逃《に》げこむようになった。

おれたちが職員室まで追いかけて来られないだろうと、バカにするように、碧海は職員室にかけこむ。

そして、おれたちが待ちくたびれて帰ると、ちゃっかり職員室から出て、何もなかったような顔で教室にもどる。

碧海のこうした行動は、すっげームカつく。

マジでいらねえよ、あいつ！

だから、学校が休みの土曜日。

フットサルクラブの帰り道、山門通《さんもんどお》り商店街で碧海を発見したとき、これはついていると思った。

何と言っても、新しく碧海をからかうネタが見つかりそうだからな！

碧海は、山門通り商店街の、古ぼけた八百屋の前で一瞬《いっしゅん》立ち止まると、そのわきにある路地へと姿《すがた》を消して行った。

近くに進学塾《しんがくじゅく》のカバンを背負《せお》った、両目の下にほくろのある、おれくらいの年齢《ねんれい》の男子がいるのを押《お》しのけ、おれはすかさず碧海が立ち止まった場所へ行く。

そこには、看板《かんばん》があった。

ベニヤ板でできた小汚《こぎたな》い看板で、そこには、これまた手書きでクソダサいポスターがはられていた。

『子ども食堂かみふうせん』

ふーん、ここに碧海は入って行ったんだな。

子ども食堂ってのは、良好がレギュラー出演しているバラエティーニュース番組で紹介《しょうかい》されていたから、知っている。

確か、貧乏《びんぼう》な家庭の子どもたちが、安い値段《ねだん》で、もしくは、ただでご飯を食べられるようにする店だ。

ただ、その番組では、場所によって子育て中の母親の交流の場だったり、子どもの交流の場だったりすると紹介《しょうかい》していた。

なんで場所ごとに子ども食堂の作られた目的がちがうのかを、良好が番組内で質問していた。その子ども食堂のある地域《ちいき》で必要とされていることをしているからだ、というのが答えだった。

たとえば、貧困《ひんこん》家庭が多い地域であろうと、高所得者が多い地域であろうと、親子そろって地域交流ができる場が必要なら、それを目的とした子ども食堂が作られるというのだ。

てっきり貧乏人のたまり場として作られたと思っていたから、高所得者の勝ち組の家庭まで利用するという番組の内容に、おれも、父さんも母さんも、びっくりしたものだ。

でも、誰《だれ》でも自由に行ってもいい場所とわかってからは、在日外国人の子どもがいるという子ども食堂に行ってみたくなった。お客さんのお父さんが、ボランティアで作ってくれるスペシャルメニューに、ネパール式カレーが出ると番組で紹介されていたからだ。

ほかにも、子ども食堂によっては、大学生のお兄さんお姉さんたちが、ただで勉強を教えてくれる無料塾《むりょうじゅく》を一緒《いっしょ》に開いているところもあるらしい。

だが、碧海は手ぶらで歩いていたから、勉強を教わりに来たのではなく、飯を食いに来ただけだろう。

あいつ、ヤバいくらいガツガツと給食を食っていたし、残ったパンとかを持ち帰っていたくらい、食い意地がはっていたもんな。トン汁《じる》もカレーも百円で食べられるという子ども食堂に来たのも、あの食欲《しょくよく》なら当然か。

ちょうどいい。

碧海が、クラスのゴミだと、子ども食堂の人たちにも教えてやろう！

おれは、路地に入ると、子ども食堂かみふうせんを目指した。

子ども食堂の入口は、すぐに見つかった。

安っぽいドアが開けっ放しにされた、これまた安っぽいのれんがぶら下がっている入口の向こうから、たくさんの声がきこえてきたからだ。

「あーさん、こんにちは！」

「ようこそ、麻耶《まや》ちゃん！」

たくさんの声に混ざって、碧海の声もする。

プッ、麻耶ちゃんだって！

生ゴミ生碧海の分際《ぶんざい》で、ずいぶんとかわい子ぶっているじゃねえか。

「まあ！　おしゃれになったわねえ！　麻耶ちゃんに、よく似合うわ！」

おばさんの声が、碧海をほめている。

女ってのは、ばばあになっても、おしゃれのことばかり考えるんだな。

「いとこのお姉さんが、コーディネートを考えてくれたんです」

「ああ、確かこの前、うちの八百屋に買い物に来てくれた女の人だね。一緒《いっしょ》に暮《く》らしてくれるんだってね？」

「はい！　いとこのお姉さんが、『イラストレーターだし、どこでも仕事ができるから一緒に暮らせるよ』と言ってくれたんです！」

ふーん。

どうして、いとこがいるだけで、碧海が全身整形クラスにイメチェンできるんだと思ったら、一緒に暮らして、徹底的《てっていてき》にファッションコーディネートをしているせいか。

生ゴミ生碧海と暮らそうとは、ずいぶんと物好きがいたものだ。

「あーさんに教わったとおり、おそわれそうになったときに、職員室に避難《ひなん》するようにしたら、いじめられなくなりました！　ありがとうございます！」

なーるほどな。碧海が悪知恵《わるぢえ》をつけたのは、ここでか。

「そりゃあ、よかったわ！　その方法は、あたしがいじめられていた小学生のときに、考えついた作戦なんだけど、今でも有効で助かったわ」

「いじめに負けないで大人になったあーさんは、すてきです！」

「うれしいことを言ってくれちゃって。麻耶ちゃんは、いい子ねえ！」

これは、碧海をからかう絶好のタイミングだ！

ひらめいたおれは、大またで一歩ふみ出し、のれんをめくり上げた。

「おい！　生麦・生ゴミ・生碧海！」

建物中にきこえる大声で、おれは言ってやった。

中にいた碧海の顔から、さっと血の気が引いて、マヌケ面《づら》をさらす。

ひでえ面《つら》！　おまえには、お似合いの顔だぜ！

いくらイメチェンしようが、おまえはしょせん生ゴミ生碧海なんだ。

かんちがいするなよな。

碧海が生ゴミだとわかって、子ども食堂の中にいた連中から、どっと爆笑《ばくしょう》が起こる。

……はずだった。

「あんた！　いきなり来て、うちのお客さんの悪口を言うなんて、子ども食堂かみふうせんにケンカを売ってんのかい！」

クマのようなパンチパーマのおばさんが、魔王《まおう》みたいな形相《ぎょうそう》で飛び出してくるなり、おれに逃《に》げるすきも与《あた》えず、腕《うで》をつかんで店の中に引きずりこんだ。

「いったい、どこの家の子だい！　名前と電話番号を言いなさい！　お父さんとお母さんに来ていただくんだから！」

クマのようなおばさんは、おれの太ももと同じくらい太い腕に思いきり力をこめて、おれを食堂のすみにある丸イスに座《すわ》らせる。

碧海と一緒《いっしょ》に中にいたガキどもは、生ゴミ生碧海ではなく、おれを、よりにもよって、このおれを、バカにして笑っていやがった！

おまえらが笑うべきは、あそこにいる生ゴミ生碧海だろう！

イラついたので、ガキどもになぐりかかるまねをして、怖《こわ》がらせて黙《だま》らせにかかる。

チョロいもので、ガキどもはすぐに笑いをひっこめた。

ところが、それはクマのようなおばさんが、壁《かべ》をなぐったせいだった。

店中に、にぶい音がとどろく。

「お客さんを怖がらせるなんて、よっぽどうちにケンカを売りたいんだね！　そんな暇《ひま》があるなら、名前と親の電話番号、それから学校名とクラスを言いなさい！」

いやいやいや！

お客さんたちを怖がらせたのは、てめえの壁パンチのせいだろ？

でも、このおばさんは見た目からしてヤバそうだから、正直に心の声を口に出せない。

あーぁ。

なんで、おれがこんな目にあうんだよ？

これも、ぜんぶ碧海のせいだ！

何とかしろよ、碧海！

おれが、小上《こあ》がりに座っている碧海をにらみつけると、碧海は青ざめた顔をしていた。

きっと、ここでおれを見捨《みす》てたら学校でどんな目にあうか、理解したんだろう。

期待どおり、しかし、イラつくことに、ちんたらと、碧海がおばさんに声をかける。

「あーさん、わたしは気にしてないから、許してあげて下さい」

そうそう。

これなら、学校の先生たちや、そこらへんの大人たちみたいに、このおばさんは「被害《ひがい》にあった子がそう言うなら……」と引き下がるぞ。

「あのね、麻耶ちゃん。麻耶ちゃんが優《やさ》しく気づかうのは、とてもいいことだと思うんだわ。でもね、もうこれは、子ども食堂かみふうせんの問題なんだわ。子ども食堂とは、みんなが楽しく一緒《いっしょ》にご飯を食べるためのお店よ。だから、それをじゃましに来た人を放っておくわけにはいかないんだわ」

何だよ、その新しい発想！

誰《だれ》も、そんなわけのわからない発想なんか、求めてねえよ！

「さあ、お父さんとお母さんに来ていただいて、これからたっぷりと説教してもらうから、名前と電話番号を言いなさい！」

おばさんは、しつこく親の電話番号を言えとせまってくる。

ヤバい……このままだと、このおばさんだけではなく、お父さんとお母さんにまで怒《おこ》られまくる！

「やめてくれよ！　家ではいい子なんだから！」

すると、おばさんが目を細くして、じろりとおれを見下ろした。

「だから、何だって言うの？　お父さんとお母さんを悲しませたくないなら、最初から悪いことをするもんじゃないんだわ」

うわ、すげえ言い返せねえ！

このばばあ、ムカつく！　マジいらねえ！

「お、おれだって、別に好きでやっているわけじゃねえよ。ただ、碧海が悪いから……」

「麻耶ちゃんが、どう悪いっていうの？」

あせっておれが言った言葉に、おばさんが反応する。

よし！　この流れなら、うまいこと逃《に》げきれそうだ！

おれは、勢いに乗って話した。

「碧海がムカつくんだよ。くさくて、汚《きたな》くて、クラス中が迷惑《めいわく》していたんだ。それで、今はやっとまともな格好をして来るようになったけど、これまで、クラス中に迷惑をかけていたことを全然謝らねえんだ。だから、ムカついて、ムカついて……」

最後に、念を押《お》すように、おれは碧海をにらみつける。

碧海！　おばさんにおれを解放するよう、言えよ！

「あーさん……」

さあ、言え！

「よし、わかったわ！」

おいぃぃーっ！

何をわかったか知らねえが、せっかく碧海が何か言いかけたんだから、話を最後までできいてやれよ、クソばばあ！

「あんたーっ！　大型ゴミに出そうと思っていた布団《ふとん》を、ひもと一緒《いっしょ》に持って来てほしいんだわ！」

おばさんは、台所へ向かって大声を出す。

「おう、わかった！」

すかさず、ドスのきいた野太いおっさんの声が返事をする。

布団とひも……。

まさか、このおばさん、良好が出ていたサスペンスドラマみたいに、おれの首をひもで絞《し》めて殺した後、布団にくるんで山の中に捨《す》てる気か！

おれ、超《ちょう》ピンチじゃね？

全力で逃《に》げたいのに、おばさんが野球のグローブみたいな巨大な手で腕《うで》をつかんでいるから、逃げられない！　ヤベーッ！

「おまえ、布団とひもが用意できたが、どうすりゃいい？」

黒光りする髪《かみ》を短く刈《か》り上げ、額が出て目がくぼみ、あごは四角い、ゴリラのような体格のおっさんが台所から現れた。

話す雰囲気《ふんいき》からして、このクマみたいなおばさんのだんなだろう。

ヤバい、プロレスラーかよ。めっちゃ強そうだよ、このおっさん！

「ありがとう、あんた。忙《いそが》しいときに悪かったわね。それで、布団をひもで簀巻《すま》きにして、バスケットゴールにつるしといてほしいんだわ」

へ……？

おれを殺してどこかへ捨てるのかと思ったが、ちがうのか？

「ちょっと、こっちへ来なさい」

おばさんは、おれを強引にイスから立ち上がらせると、台所を通り抜《ぬ》けて、裏口《うらぐち》も抜ける。

そこにはせまい庭があり、古ぼけたバスケットゴールが置かれている。

ゴリラのようなおっさんは、ちょうど簀巻《すま》きにした布団《ふとん》をバスケットゴールにつるし終えたところだった。

「できたぞ、おまえ」

「ありがとう。あんたみたいに気がきくだんなと結婚《けっこん》できて、あたしゃ幸せ者だわ」

おれの気も知らないで、クマみたいなおばさんは、ごきげんだ。

「ねえ、君。名前と電話番号を教えたくないなら、この布団をぶちのめしていれば、いいんだわ」

「はっ？」

おっさんがいなくなって安心したところで、いきなり思いがけないことを言われたので、思わずきき返す。

「それとも、お父さんとお母さんの電話番号を言う？」

わけわからねえ二択《にたく》をせまるなよ、クソばばあ！

だが、今のおれは選べる立場ではない。

お父さんとお母さんに知られて怒《おこ》られるよりは、バスケットゴールにぶら下がっている布団をぶちのめす方が、ずっといいに決まっている。

おれは、バスケットゴールの前に行くと、布団をなぐり始めた。
右パンチ！
左パンチ！
布団は思った以上に手ごたえがあって、なぐり心地がいい。
右パンチ！　左パンチ！
右パンチ！　左パンチ！
よーし、だんだん調子が上がってきたぜ！
布団のつるされたバスケットゴールが、きしむ音を立てる。
へへ。おれのパンチは、強いぜ！
おれは、布団にキックを食らわせる。
布団は、おもしろいほど宙《ちゅう》を舞《ま》う。
バスケットゴールが、大きくきしむ音を立てる。
「ついでだから、悪口を言いながら、布団をぶちのめしてみるといいんだわ」
おばさんが、出会って初めて、いいことを言いやがる。
よーっし！

「生麦生ゴミ生碧海！」

右パンチ！

「碧海、うぜえ！」

左パンチ！

「吉田、アホすぎ！」

右パンチ！

「ほら、もっともっと！　もっと悪口を言ってみるのよ！」

おばさんのリクエストにこたえ、おれは布団《ふとん》をなぐる手を止めずに、悪口をさけび続ける。

「鈴木、いい子ぶって気持ち悪っ！」

左パンチ！

「先生、授業がつまんねえ！」

右パンチ！

「コーチ、いばってんじゃねえよ！」

左パンチ！

へへへ、人の悪口を言いながら、布団をなぐるのは最高だぜ！

おれは、こん身《しん》の一撃《いちげき》とばかりに、布団にキックを食らわせた。

「お父さんもお母さんも、ムカつくんだよ！」

え？

なんで、こんな悪口が飛び出すんだ？

びっくりしている間も、おれの口は止まらない。

「妹ばかりかわいがりやがって！」

キック！

「お父さん、マジいらねえ！」

キック！

「お母さん、マジいらねえ！」

キック！

布団が吹《ふ》っ飛んで地面に落ち、バスケットゴールは豪快《ごうかい》にゆれる。

おれは、自分の口から飛び出した悪口に驚《おどろ》き、バカみたいに突《つ》っ立っていた。

「今のきいた、麻耶ちゃん？　あの男の子は、麻耶ちゃんが悪いから、いじめていたんではないんだわ。お父さんとお母さんのえこひいきに対する不満を、麻耶ちゃんに八つ当たりでぶつけていただけなんだわ」

後ろの方で、おばさんが碧海に話しかける声がきこえてきた。

どうやら、裏口《うらぐち》に二人して立っているらしい。

「わたしは、悪くない……。そんなこと、言ってくれる人がいるとは思わなかったです。いじめられているのは、わたしが悪いからだと思っていました……」

おいおい、何をドラマのいじめられっ子のヒロインみたいなセリフをはいているんだよ?

「だから、麻耶ちゃんは、いじめられている自分を悪いと思う必要はないんだわ。もしも、学校でまたあの子にいじめられたら、今のあの子の言ったことを思い出して。麻耶ちゃんのせいじゃない。あの子が抱《かか》えている、お父さんとお母さんへの不満のせいなんだわ」

お父さんとお母さんへの不満?

おれは、足元に転がっている、綿がはみ出た布団《ふとん》を見つめた。

良好は、生まれたときから、ものすごくかわいかった。

だから、お母さんは、良好を子役にすると決めて、いろいろなドラマや映画《えいが》やコマーシャルのオーディションを受けさせていた。

そして、テレビにほんの三秒だけ映《うつ》るコマーシャルの仕事でも、オーディションで選ばれれば、大喜びしていた。

お父さんも、おれも、なりふりかまわない、お母さんのステージママっぷりを笑っていた。

だが、お父さんが勤《つと》める銀行が、ほかの銀行に吸収合併《きゅうしゅうがっぺい》された。人員整理でリストラされてから、お父さんはお母さんのステージママっぷりを笑わなくなった。

お父さんは、良好のための芸能事務所を立ち上げて、そこの所長になると言い出した。今の時代、正社員に再就職《さいしゅうしょく》するのは難《むずか》しい。それなら、いっそのこと、一番お金をかせぐ見こみのある良好を全面的に応援《おうえん》した方が、負け組から勝ち組に返り咲《ざ》けるかもしれない。それが、お父さんの考えだった。

お母さんは、もともと良好を子役にしたかったので、喜んでこの考えに賛成し、良好のマネージャーになった。

お父さんも、お母さんも、家の貯金が底をつく前に、負け組から勝ち組に返り咲こうとはりきった。

このとき、おれは幼稚園《ようちえん》の年長で、六歳《ろくさい》。

良好は、年中で、五歳だった。

良好はかわいいだけではなく、とても頭がよかったし、まわりの大人が何を望んでいるのか、理解する能力が高かった。

だから、お父さんとお母さんの期待にこたえて、いくつもオーディションを受けては、どんどん大きな役をもらえるようになった。

ついには六歳のとき、人気俳優《はいゆう》の娘役《むすめやく》で出演したホームドラマで、大ブレイク。人気子役の仲間入りをはたした。

良好のおかげで、おれたち一家は、また勝ち組に返り咲《ざ》けた。

お父さんは、良好のスケジュールをきちんと組んで、良好が体調をくずさないように、常に気をつけている。

お母さんは、良好を歌やダンスのレッスンに連れて行って、子役から女優《じょゆう》に成長できるように、基礎《きそ》準備をせっせとしている。

良好が登下校中にさらわれないよう、お父さんとお母さんは、順番に車で送り迎《むか》えをしている。

バラエティー番組の企画《きかく》で、良好と一緒《いっしょ》に親が出るときは、お父さんもお母さんも、良好の人気を傷つけないように、必死のトークで番組を盛《も》り上げている。

どこまでいっても、うちは、良好を中心に回っている。

だから、おれがテストで百点を取って家に帰り、お父さんとお母さんに報告しても、「疲《つか》れているから寝《ね》かせて」「ああ、そう。次もがんばって」と、適当な返事をもらうだけだ。

あんまりだろう？

でも、正直に不満をぶちまけてみろよ。

お父さんもお母さんも、決まってこう言うんだ。

「寝かせてと言っているだろう？　そんなのもわからねえとか、闘志。マジいらねえわ」

「こんなに疲れているのに休ませてくれないなんて、闘志。お願いだから、あっち行って」

良好には、絶対言わないセリフだ。

ようするに、同じお父さんとお母さんの子どもだけど、金をかせいでくれる良好だけがかわいくて、おれはどうでもよいのだった。

そんなことはないと、思いたかった。

でも、それが真実だ。

確信したのは、演技の勉強をするために、良好が『スタンド・バイ・ミー』という昔のアメリカ映画《えいが》を見ると言うので、一緒《いっしょ》に見てあげたときだ。

主人公は少年で、プロ入りが決まっていたスポーツマンのお兄さんは、物語が始まった時点で、すでに死んでいる。

主人公のお父さんとお母さんは、お兄さんが死んだショックから立ち直れなくて、おかしくなっている。

そのせいで、主人公の少年に対して、無関心になっている。

この場面を見て、おれは涙《なみだ》が止まらなくなった。

プロ入りが決まっていたお兄さんは、将来《しょうらい》たっぷり金をかせいでくれる子ども。

だから、お父さんとお母さんは、良好のように、とても大事にしていたし、自慢《じまん》にしていただろう。

でも、その大切な子どもが死んでしまったら、自分たちの悲しみにどっぷりひたり、まだ生き残っている子どもに、見向きもしない。

ムシャクシャするときだけだが、おれは良好をマジいらねえと思ったこともある。

良好が消えれば、お父さんとお母さんが、おれを見てくれると信じていた。

でも、この映画を見て、ダメだとわかった。

良好がいなくなったって、お父さんとお母さんは、決しておれを見てくれない。

愛しているのは、金になる子だけ。金にならない子は、いないも同然なんだ。

それが真実だと、さとってしまった。

良好は、お父さんとお母さんにとって、かけがえのない宝物なんだ。

それは、おれにとっても同じだ。

我《わ》が家《や》で、おれを気にかけてくれるのは、良好だけだ。

おれがフットサルクラブでけがをしたとき、心配してくれたのも、良好だけだ。

おれがお父さんとお母さんにマジいらねえと言われたときに、ひどいと怒《おこ》って注意してくれるのも、良好だけだ。

良好の撮影《さつえい》が重なったせいで、おれの授業参観日に誰《だれ》も行けなくなったときに、おれに謝るのは、良好だけだ。

良好は宝物だ。

だが、おれは、マジいらねえゴミだ。

百点を取っても。
運動会で一等賞になっても。
成績が抜群《ばつぐん》に良くても。
友だちがたくさんいても。
女の子にモテても。
フットサルクラブで一番の選手でも。
皆勤賞《かいきんしょう》を取っても。
先生や近所の人たちから人気者でも。
お父さんとお母さんにとって、おれはマジいらねえゴミだ。
だけど、自分がゴミだなんて、思いたくない。
ゴミなんか、この世の中に、ゴロゴロいる。
おれ以下のゴミがいれば、おれはゴミではない。
だから、おれは、おれ以下のゴミを許せない。
片《かた》づけたくなる。
だって、ゴミを片づけるのは、いつだって人間だろう?

おれは、ゴミじゃない。

人間なんだ。

だから、公園にいたホームレスのじじいみたいなゴミを、片づけにかかった。

あいつは、くさくて、汚《きたな》かった。

お父さんとお母さんが、あんなのとおれを、同じゴミ扱《あつか》いしているかもしれないと思うと、腹《はら》が立った。

そして、碧海だ。

あんなに汚くて、くさいくせに、平気な顔をして生きているゴミ。

片づけたくなる。

おれは、お父さんとお母さんに思われているような、ゴミではない。

人間だ。

だから、悪いのは、生ゴミ生碧海だ。

……。

ちがう。

悪いのは、おれをゴミ扱いする、おれのお父さんとお母さんだ。

でも、親に逆らったら、生きていけない。食べていけない。

おれには、生きられる場所が、ほかにない。

一番悪いやつを倒《たお》せない。

だから、おれよりもゴミを見つけて、片《かた》づけにかかる。

なぜって？

強いやつと戦う勇気がないのをごまかし、弱いやつをつぶして自分をなぐさめているだけの、絵に描《か》いたような負け犬が、このおれだからだ。

ゴミではないと思いたくてしていた行動が、負け犬の証明になるなんて。

このことを誰《だれ》かに言われたのなら、無視《むし》をして、嫌《いや》なことを言われたムシャクシャを碧海のようなゴミにぶつけて、スッキリしていればよかった。

だが、誰かに言われたのではなく、おれ自身がおれは負け犬だと、気づいてしまった。

自分で自分がどんな人間か、わかってしまっては、もう自分をごまかせない。ごまかしがきかない。

自分が負け犬だということをごまかそうとすればするほど、負け犬の証明になっていくのが、目に見えている。

おれの足元に転がっている布団《ふとん》からはみ出ていた綿が、風に吹《ふ》かれて弱々しく庭に転がっていった。

「まだスッキリしないなら、もっと布団をぶちのめしていく？」

おばさんが布団を拾い上げて、またバスケットゴールにつるし直したところで、おれは物思いから覚めた。

「はあ？　なんでだよ？　布団ぶちのめして、親がまともな人間になったら、警察《けいさつ》はいらねえよ」

今は誰にも話しかけられたくなかったので、おれは言い返す。

思いっきり、バカにした顔をして言ってやったのに、おばさんはデカい体をのけぞらせて、大笑いした。

「そのとおりだわね。自分の子どもをえこひいきしてかわいがるような、あんたのお父さんとお母さんのくさった性根《しょうね》は、一生、直らないだろうよ。でも、布団をぶちのめせば、お父さんとお母さんがあんたに与《あた》えたストレスは解消できるんだわ」

さらりと、人の親の性根をくさっていると言いやがったよ、このクソばばあ！

だが、後半にはいいことを言ったな。
布団《ふとん》をぶちのめして、ストレス解消！
いいアイデアだ。
きっと、お父さんもお母さんも、いい人間になる見こみはほとんどない。
それなら、ストレス解消するに限る。
おれは、喜んで布団におそいかかった。
十五分後。
布団だった物体は消滅《しょうめつ》し、庭には布と綿だけが、めいいっぱい散らかっていた。
汗《あせ》が止まらず、心臓《しんぞう》はずっとドッドッドッと鳴ったままだ。息も上がっている。
でも、気分はとてもよかった。
こんなにスッキリした気分は、久しぶり……うぅん、生まれて初めてだぜ！
「わあ！　布団をあと形《かた》もなく破壊《はかい》するとは、男の子はやっぱり強いねえ！」
おばさんが、感心したようにさけぶ。
見直したか、クソばばあ！
おれは面と向かって言ってやろうとしたが、その前に、おばさんがおぼんに乗せたコップを差し出した。

「はい、麦茶。のどがかわいたでしょ？」

よく冷えた麦茶のおかげで、おれはクソばばあと言うタイミングを逃《のが》してしまった。

だが、別に惜《お》しいとは思わなかった。

「スッキリした？」

おばさんにきかれ、おれは麦茶を飲みながら、うなずいた。

そして、麦茶を飲みこんでから、きいた。

「また布団をぶちのめしたいんだけど、もう布団はないのか？」

おばさんは、首を横にふった。

「まだいくつかあるんだわ。何せ、うちの子どもたちは、みんな独立したんでね。布団が余って余って、大変なんだわ」

ぶちのめしてもいい布団が、まだある！

これは、本日最高のニュースだ！

「たくさん布団があるなら、今度は友だちも連れて来て、ぶちのめしてもいいか？」

吉田たちに、おれのパンチがどれだけすごいか、見せつけられるし、何よりも、吉田たちにおもしろい場所を教えてやれる。

ネットを検索《けんさく》しても出てこない超極秘《ちょうごくひ》情報を教えてやったら、あいつら喜ぶぞ！

「そりゃいいけど、子ども食堂かみふうせんは、第二第四土曜日しかオープンしてないから、そのときに友だちを連れて来てほしいんだわ」

いいのか？

おれを怒《おこ》っていたわりに、また来てもいい。しかも、友だちを連れて来てもいいだなんて、案外チョロいな、このおばさん！

「よっしゃ！」

おれがこぶしを握《にぎ》りしめ、天に向けると、おばさんがせきばらいをした。

「おっほん！　だけど、一つ条件があるんだわ」

「条件？　何だよ？」

子ども食堂だから、食事をして行けとでも言うのだろうか？

ポスターによると、料理は必ず百円だったから、おれや吉田たちのおこづかいにダメージは少ない。

「条件はね。麻耶ちゃんをいじめるのを、やめてほしいんだわ」

なんだ、そんなことか。

ふと見ると、台所の戸口の影《かげ》に碧海が隠《かく》れて、こちらをこっそりとのぞいていた。

おれは、もともと碧海をからかっていただけで、いじめた覚えはない。

そんな条件で、これからも布団をぶちのめせるようになるなら、安いものだ。

「いいぜ！　約束する！」

「絶対だからね？」

おばさんは、いたずらっぽく笑った。

おれも、笑顔を返してやった。

台所の戸口の影にいた碧海が、ほっとしたように肩《かた》の力を抜《ぬ》いた。

いつの間にか昇《のぼ》っていた真珠色《しんじゅいろ》の月が、明るい六月の夕空を飾《かざ》っていた。

第三章　柏浦悠乃《かしうらゆの》のはなし

あの人だ！

急いで足を止め、わたしはエントランスホールにあるベンチ付きの柱の影《かげ》に隠《かく》れる。

心臓《しんぞう》が、ドッキンドッキン、大きく脈打つ。

「吉田《よしだ》、ゴールデン・アイズ・グリフィン！」

「えっと、だったら、シルバー・ファング・ウルフ！」

八潮闘志《やしおふぁいと》くんと、吉田ナントカくんは、トレーディングカードゲームのカードの名前をさけび、カードなしでゲームをしながら、エントランスホールを出て行く。

これは、学校がカードを持って来てはいけないと禁止して以来、男の子の間ではやっている、『エアカードバトル』という遊びだ。

自分が知っているカードを言うだけでいいので、持っていないカードも使えるのが、本来のトレーディングカードゲームにはない唯一《ゆいいつ》の長所だ。

わたしは、ガラスばりのエントランスホール越《ご》しに、九月の空の下を歩く闘志くんを見つめた。

八潮闘志くん。

わたしのとなりのクラス、六年一組の男の子。

いつも、クラスの中心にいて、たくさんの友だちにかこまれている人気者。

妹は、あの超《ちょう》人気子役の八潮良好《やしおふぁいん》ちゃん。

国民的美少女のお兄さんで、顔が似ていることもあって、闘志くんは、とってもかっこいい！

わたしが小学四年生のとき、このマンションに引っ越《こ》してきたその日。

マンションのエントランスホールで、偶然《ぐうぜん》エレベーターから降《お》りてきた闘志くんと出会い、あまりのかっこよさに、わたしは一瞬《いっしゅん》で恋《こい》に落ちた。

転入先の学校で、同じクラスになれたらいいなと願ったけど、神さまはいじわるだ。

わたしは、闘志くんと同じクラスにはなれなかった。

神さまのいじわるは、続く。

わたしが通うようになった七草《ななくさ》第二小学校は、たいていの小学校とはちがって、二年ごとにではなく、毎年クラスがえをする。いじめ防止と友だちをたくさん作らせるためだ。転入したばかりの四年生のときは、この決まりをありがたく思った。だって、五年生になれば、闘志くんと同じクラスになれる可能性があったからだ。

でも、六年生になった今年も、同じクラスにはなれなかった。

それなのに、友だちの鈴木《すずき》ちゃんから入手した情報によると、闘志くんは中学受験をして、あの栴檀館付属《せんだんかんふぞく》中学校に進学するかもしれないのだ！

勉強が特別できるわけでもないわたしには、中学受験なんて、とうてい無理に決まっている。中学校でこそ、闘志くんと同じクラスになれるという、わたしの希望はうちくだかれた。

だから、闘志くんと仲良くなるには、今年しかチャンスがない。

でも、きっかけがつかめないまま、六年生の一学期は終わり、夏休みも終わり、早くも二学期を迎《むか》えていた。

このままでは、闘志くんと仲良くなるチャンスがどんどんなくなっていく。

一度、闘志くんの習っているフットサルクラブへ自分も入ろうかと、かなり真剣《しんけん》に考えたことがある。

だけど、運動会ではいつもビリで、逆上《さかあ》がりもろくにできないわたしがフットサルクラブに入っても、闘志くんにいいところを見せられっこない。むしろ、はじをさらすだけ。

どうすれば、闘志くんと仲良くなれるかしら？

せっかく同じマンションに住んでいても、このマンションは集団登校の班《はん》を、一階から十階はA班《エーはん》、十一階から二十階はB班《ビーはん》に分けている。

わたしの家は三階で、闘志くんの家は二十階。そのせいで、集団登校で同じ班になって仲良しになるという、よくあるきっかけもつかめずにいる。

闘志くんがマンション内の公園を出たのを見計《みはか》らって、わたしはそっと柱の影《かげ》から出る。そして、エントランスホールを出て、学校に向かう。

いつか一緒《いっしょ》におしゃべりしながら、学校へ行ってみたいと思っていたけど、今はちがう。

いつかではなく、梅檀館付属中学校へ進学してしまう前に……小学校を卒業する前に、闘志くんと一緒に学校へ行きたい！

そのためには、まず、わたし、柏浦悠乃《かしうらゆの》という女の子がいることを知ってもらわなければ。

一度も同じクラスになったことがないから、闘志くんはわたしが同じマンションに住んでいることを知っていても、わたしが柏浦悠乃だとは知らない。

いったい、何をどうすれば、闘志くんにわたしを知ってもらえるかしら？

わからない……。

信号が赤に変わり、闘志くんと吉田くんから少し離《はな》れた場所で、わたしは信号が青になるのを待つ。

横断歩道の向こうに、小さくて華奢《きゃしゃ》なかわいい女の子が歩いていた。

赤いセルフレームの眼鏡《めがね》をかけ、サラッサラな髪《かみ》は風になびいて輝《かがや》いている。

しかも、人気ブランドの洋服をおしゃれに着こなしている。

あーぁ。

わたしも、あれくらいかわいければ、すぐにでも闘志くんにあいさつしに行って、知り合いになれるのに……。

わたしには、小さいころから、自分の中にハッキリとした「理想の自分」というものがある。

闘志くんみたいに、頭も運動神経もよくて、いつも友だちにかこまれている人気者。

今歩いているあの女の子みたいに、一度見たら忘《わす》れられないほど、おしゃれでかわいい。

そして、スペシャルにかっこいい男の子に恋《こい》をしていて、キラキラ輝いている特別なわたし。

小さいころ、わたしは「理想の自分」どおりの子だと思っていた。

でも、小学校に上がって、たくさんの友だちができると、わたしより勉強も運動もできる子がたくさんいた。

わたしよりかわいくておしゃれな子も、たくさん。

わたしの「理想の自分」は、単なる思いこみにすぎなかった。

おかげで、わたしは「理想の自分」をほとんどかなえられていない、つまらない子だと思い知ってしまった。

そんなわたしにとって、闘志くんは救世主だった。

闘志くんとの出会いは、スペシャルにかっこいい男の子に恋をしているという救いをわたしにくれた。

闘志くんに恋をしているときだけ、わたしはキラキラと輝ける。

それにしたって、たった一つだけ。ほかには、何のとりえもない。

どうしてわたしは、「理想の自分」からほど遠い、こんなに地味でつまらない子に生まれたんだろう?

ひょっとして、わたし、理想が高すぎるのかな?

だけど、勉強や運動はできなくても、せめてあの女の子ぐらい、かわいく生まれたかったなぁ……。

「おーい、碧海《あおみ》! おはよー!」

「おっす、碧海」

吉田くんが、気合いを入れて横断歩道の向こうにいる、かわいい女の子にあいさつをした……のは、別にいい。

でも、今。

さりげなく闘志くんまで、あのかわいい女の子にあいさつしたわよね!

しかも、碧海って言ったら、虐待《ぎゃくたい》されていると、一時期うちのクラスでうわさになっていた、あの碧海さんよね? めずらしい名字だから、まちがえようがない。

わたしは、一度も碧海さんとは同じクラスになったことはないけど、日に日に薄汚《うすよご》れて体中がにおっていくその姿《すがた》は、インパクトが強かった。

だから、親から虐待をされて風呂《ふろ》に入れてもらえないのではないかと、うちのクラスでうわさになった。先生は、何か事情があるのだろうから、碧海さんについて勝手なうわさをしないようにと注意した。

しかし、そうかんたんに、うわさは止まらなかった。

ひょっとしたら、ホームレスになったのかもと、うわさする子もいた。

わたしはと言えば、気にはなるし、心配にもなるけど、関わり合いたくはなかった。

だって、もしも話しかけでもして、「親から虐待されているの。助けて。あなたの家に避難《ひなん》させて」なんて頼《たの》まれたら、どうすればいいの？

一学期のある日を境に、碧海さんを見かけなくなったので、てっきり施設《しせつ》に保護されたか、転校したか、不吉《ふきつ》な話だけど亡《な》くなったのかとばかり思っていた。

それが、まさか、あんなに大変身をとげているとは、夢にも思わなかったわ！

しかも、一番の問題は、闘志くんと仲良くなっていることよ！

そう言えば、闘志くんが、碧海さんをいじめているのを廊下《ろうか》で見たことがある。

あんなにくさくて汚《きたな》い女の子では、闘志くんがいじめたくなるのもしょうがないと思うくらいで、特に気にもしていなかった。

でも、本当は、闘志くんは、碧海さんのことが好きで、気を引くためにいじめていたとしたら？

わたしの気持ちは、底なしに沈《しず》んでいった。

信号が青に変わったので、わたしは、闘志くんと吉田くんに続いて横断歩道を渡《わた》る。

碧海さんは先へ行かず、闘志くんと吉田くんを待っていた。

おかげで、わたしは学校に着くまで、後ろから三人の様子を観察できた。

「碧海、吉田が折り紙でライオンの折り方を知りたいって言っているんだが、教えてやってくれないか？」

「おい、闘志。勝手に何言っているんだよぉ」

「ライオンの折り方なら、知っているわ。教室に着いたら、教えるね」

闘志くん、ライオンを折りたい吉田くんのために、協力してあげているのね。なんて優《やさ》しいの。すてき！

そして、吉田くんの望みを嫌《いや》な顔一つせず引き受けるなんて、碧海さんはなんて心が広い女の子なの。

……まずいわ。

どう考えても、二人はお似合いじゃない！

「ところで、碧海。土曜日におれと吉田は子ども食堂かみふうせんに行くけど、おまえも行くか？」

「もちろん」

闘志くんが碧海さんに親しげに話しかけたのはショックだった。けど、同時に重要な情報が、わたしの耳に飛びこんできた。

『子ども食堂かみふうせん』

土曜日に、闘志くんはその店に行くらしい。

もう一度、記憶《きおく》に刻《きざ》もう。

『子ども食堂かみふうせん』

今まで、闘志くんにどうすれば近づけるのか、全然わからなかった。

だけど、今ならわかる。

土曜日に『子ども食堂かみふうせん』へ行けばいいんだわ！

家に帰ったら、さっそくネット検索《けんさく》をしよう！

まだ学校にたどり着かないうちから、わたしは放課後に思いをはせた。

家に帰ったわたしは、さっそくダイニングにある家族共用のパソコンを開き、『子ども食堂かみふうせん』と入力した。

すぐに検索《けんさく》結果が出た。

この町の『広報ななくさ』電子版のバックナンバーに、紹介《しょうかい》記事が掲載《けいさい》されていた。

記事によると、子ども食堂かみふうせんは、山門《さんもん》通《どお》り商店街にある八百屋のやおかぜのおばさんが、ボランティアで開いているお店らしい。

月に二回、第二第四土曜日に開けているようだ。

開店時間は、十二時から七時まで。

子どものお客さんは、百円で昼食と夕食を食べられて、大人のお客さんは、三百円で食事ができると書かれていた。

ようするに、誰《だれ》が来てもOK《オーケー》な場所なのね。

それなら、無理して同じスポーツにチャレンジする苦労を背負《せお》いこまなくても、ごく自然に好きな人と同じ場所にいられるわ！

わたしは、さらにじっくりと画面を見た。写真には、クマみたいなおばさんと、元気いっぱいに笑っている子どもたちが、ローテーブルをかこんで食事をしている光景が写っている。

町から取材を受けるほどボランティアをやっているなんて、このクマみたいなおばさんはすごい。わたしみたいなつまらない子とはちがって、輝《かがや》きを感じる。きっと、こういう人は、ちゃんと「理想の自分」をかなえられた、特別な人なんだろうな。

それに引きかえ、わたしは今日もまた「理想の自分」とほど遠い。たぶん、明日もほど遠いんだろうな。あーぁ……。

特別で輝いている人を見ていたら、だんだん落ちこんできたので、わたしは子ども食堂内をよく見てみた。

小さなローテーブルがあり、みんなで食事をしているのがわかった。このスタイルなら、うまくすれば、偶然《ぐうぜん》をよそおって、闘志くんのとなりに座《すわ》れるかも！

わたしは、子ども食堂かみふうせんへ行く地図をせっせとプリントアウトすると、自分の部屋へ持って行った。

そして、机《つくえ》の上にある卓上《たくじょう》カレンダーの九月の第二土曜日に、赤ペンで花丸をつけた。

それから、急いでダイニングの家族共用パソコンの前にもどった。

まだ、わたしには、やることがある！

わたしは、さっそく「おまじない」「恋愛《れんあい》」「超強力《ちょうきょうりょく》」とキーワードを入力して、闘志くんと会える第二土曜日に備えた。


九月の第二土曜日。

待ちに待った、子ども食堂かみふうせんの開店日だ。

ラブロマンスの女神さま、どうか、わたしと闘志くんに、ほほえんでください！

祈《いの》るような気持ちで、わたしは子ども食堂かみふうせんの地図と財布《さいふ》、それにタオルハンカチとポケットティッシュをクマ型ショルダーポーチにしまう。

これは、お母さんに頼《たの》んで、市販《しはん》のショルダーポーチのデザインを、大好きなゲームのキャラクターのクマ型に改造してもらったものだ。

恋愛成就《じょうじゅ》のおまじないに、「あなたのお気に入りの物を持って行くとよいですよ」と書いてあったから、今日はこのポーチが、わたしの恋《こい》の守護神だ！

「悠乃、土曜日で学校が休みなら、お父さんとお兄ちゃんと一緒《いっしょ》に……」

「ごめん。今日は用事があるの、お父さん！　くわしくは、お母さんに言ってあるから！」

起きたばかりで頭が鳥の巣みたいになっているお父さんに、行ってきますのかわりに早口で言うと、わたしはマンションの階段《かいだん》を一気にかけ下りる。

マンションを出ると、つきぬけるような青空に、申しわけ程度の白い雲が一面に広がっていた。

秋らしい、きれいな空だった。

子ども食堂かみふうせんのある山門通り商店街は、観光客でにぎわっていた。

この商店街をまっすぐつきぬけると、観光名所の七草寺《しちそうじ》がある。花の名所として知られ、今はキンモクセイが見ごろを迎《むか》えているはずだ。

でも、お寺の花よりも、何よりも、わたしが今見たいのは闘志くんだ。

とっても、かっこよくて……好き好き大好き！

絶対に仲良くなってみせるわ！

わたしは、気合いを入れて、山門通りを歩いて行く。

すると、修学旅行生の行列が途切《とぎ》れたところで、目印の看板《かんばん》が見えた。画用紙に、子ども食堂かみふうせんと書かれた手作りポスターがはられている。

看板《かんばん》のそばには、目元にほくろがある男の子が立っていた。両目の同じ位置にほくろがあるなんて、めずらしい。

わたしが近づくと、こそこそと離《はな》れて行ってしまった。でも、目だけはずっと、子ども食堂かみふうせんの方に向いているので、ちょっと薄《うす》気味悪い。

はっきりと「ぼく、まだそのポスターを見ていたいんです」とでも言ってくれれば、こちらも返事ができるのに、黙《だま》って、じっと見られ続けていては、ちょっとどころか、うんと気味が悪い。

わたしは男の子に気づいていないふりをして、手作りポスターの下にはられた赤い矢印を見た。まっすぐ八百屋のわきの細い路地をさしていた。

あの路地を通って行けば、子ども食堂かみふうせんがある。

子ども食堂かみふうせんに入れば、闘志くんに会える！

緊張《きんちょう》してきたせいで、手のひらばかりか、わきの下にも、じっとりと汗《あせ》をかく。

わたしは、一歩一歩ふみしめるように、コンクリートの石畳《いしだたみ》を歩いた。

子ども食堂かみふうせんの入口には、ひまわり畑が描《か》かれたのれんがかかっていた。

のれんの向こうからは、にぎやかな話し声がきこえてくる。

わたしは、のれんのすきまから、おそるおそる子ども食堂の中をのぞく。

すると、碧海さんが、小さい子たちにかこまれ、折り紙を折ってあげていた。

しかも、やっこさんやカブトなんてかんたんなものではない。シーラカンスやヤドカリ、イルカやラッコなど、どこからどう見てもハイレベルな折り紙を折っている。

小さい子たちは、碧海さんに折り紙を折ってもらうと、大喜び。

小さい子たちを優《やさ》しく面倒見《めんどうみ》る女の子……どう考えても、ポイント高いわ！

だめだ……このままここに入っても、碧海さんが輝《かがや》いている姿《すがた》を見せつけられるだけ。

何のとりえもないわたしなんて、闘志くんにふり向いてもらえそうにない。

わたしは、子ども食堂かみふうせんに背《せ》を向けると、すごすごと家に帰った。

「おかえり、悠乃」

「父さんとセッションを始めたところだから、おまえも加われよ」

「お母さんも、お昼ご飯の支度《したく》を終えたら、セッションに参加するから、悠乃も加わって平気よ」

家に帰ってすぐ、家族の出迎《でむか》えの言葉に『セッション』なんて発言が飛び出すのは、我《わ》が家《や》くらいだわ。娘兼《むすめけん》妹が恋《こい》の悩《なや》みに苦しんでいても、この人たちはいつだってマイペースなんだから……。

わたしは、きこえないようにため息をついて、クマ型ショルダーポーチをげた箱の上に置いた。

「今日は、何のゲームのセッション？　ローズ・トゥ・ローズ？」

「いいや、クトゥルフ神話ＴＲＰＧ《ティーアールピージー》。だから、父さんがゲームキーパーだ」

「お兄ちゃんは、警察官《けいさつかん》の探索者《たんさくしゃ》」

「お母さんは、雑誌《ざっし》記者の探索者」

はぁ……一般《いっぱん》家庭では、まずありえない会話。

お正月に家族で百人一首をするノリで、ＴＲＰＧ、ようするに、テーブルトークロールプレイングゲームをしているのは、七草町《ななくさまち》ではまずうちの家族くらいだろう。

ＴＲＰＧは、ゲームキーパーと呼《よ》ばれる人が語る物語を、みんなで登場人物になりきって完成させる。言ってみれば、ルールのある高度なごっこ遊びだ。

ゲームのルールブックと紙とペンとダイス……サイコロさえあれば、いつでもどこでも、テレビやゲーム機がなくても、停電していてもできるのが、長所だ。

「だったら、わたしは医者の探索者ね。待って。今、準備す……る……」

わたしは、返事をしている途中《とちゅう》で、ある重要なことに気がついた。

いつでもどこでもできるゲーム。

それは、子ども食堂かみふうせんでも、遊べるゲームということ。

折り紙で遊んでいたくらいだから、子ども食堂かみふうせんにＴＲＰＧを紹介《しょうかい》したら、お客さんたちは大喜びするかも。

そして、小さい子たちにＴＲＰＧを教えているわたしを見た闘志くんが、碧海さんみたいに「面倒見《めんどうみ》のいい女の子」と、わたしに好印象を持ってくれるかも！

小学一年生のころ、同じクラスの友だちにこのゲームを紹介してみたけど、うんと微妙《びみょう》な顔をされてしまった。それ以来、トラウマになって、家族以外の人とは遊んだことがない。

でも、あのときよりもずっと経験を積んだ今のわたしなら、もっとうまくＴＲＰＧについて説明できるかも。

それに、ゲームの進行役であるゲームキーパーをこなせる自信がある！

わたしは、ダイニングのテーブルをかこんで座《すわ》り始めた家族へ、かけ寄った。

「ねえ、みんな。小学一年生から三年生くらいの小さい子ができるＴＲＰＧって、何があった？　子ども食堂かみふうせんで、セッションをやりたいの」

お父さんは腕《うで》を組み、お母さんは首をかしげ、お兄ちゃんは天井《てんじょう》を見上げて、それぞれ「いかにも考えています」というポーズになる。

そのポーズ一つ一つから、みんなの個性が感じられる。

きっと、お父さんもお母さんもお兄ちゃんも、「何があろうと、誰《だれ》に言われようと、TRPG《ティーアールピージー》愛をつらぬく」という「理想の自分」をちゃんと実現できているから、こんなにも個性が豊かなんだろうな。

それにひきかえ、わたしときたら、友だちにたった一度うんと微妙《びみょう》な顔をされたのがトラウマになったくらいで、TRPGを外で遊ぶのをやめてしまった。

もし、わたしが「理想の自分」を実現できている子だったら、そんな気弱なことは絶対にしなかっただろう。

だけど、現実のわたしは、何があっても変わらずに友情をちかってくれる友だちがたくさんいるような、人気者なんかじゃない。

だから、友だちをなくしたくない一心で、本当は大好きなTRPGを、何も知らないふりをしている。情けないったらない。

どうして、わたしはこんなつまらない子になってしまったのかしら?

でも、今のわたしは、闘志くんという、この上なくかっこいいスペシャルな男の子に、恋《こい》をしているんだ。

これだけは、唯一《ゆいいつ》かなえられた「理想の自分」。絶対にゆずれない、わたしらしさとも言える。

わたしは、つまらない子なんかではない！

「悠乃が、それくらいの年齢《ねんれい》の子たちを相手にゲームキーパーをするなら、ブルーシンガーRPG《アールピージー》がいいんじゃないか？」

お父さんが、組んでいた腕をほどきながら言った。

ブルーシンガーRPGは、中世ヨーロッパ風ファンタジー、つまり、テレビゲームでもおなじみの世界観のRPGだ。

「いいわね。うちにブルーシンガーRPGの『勇者編・なぞの鳥をさがせ！』があったわよね。あの本は、初めてゲームキーパーをやる子にも、初めてTRPGをする子にも、わかりやすいわ。それに、絵がかわいいから、小さい子ウケするわよ」

お母さんは、げた箱の上に置かれた、わたしのクマ型ショルダーポーチへ目を向ける。

このショルダーポーチは、ブルーシンガーRPGに登場するクマのぬいぐるみのキャラクターそっくりに改造してもらったものだ。それくらい、わたしはブルーシンガーRPG《アールピージー》をやりこんでいる。

　これなら、子ども食堂かみふうせんの子どもたちに、TRPG《ティーアールピージー》を教えられる！

　わたしが夢と希望に胸《むね》をふくらませていると、お兄ちゃんが顔の前で手をふった。

「悪い。ブルーシンガーRPGは、『勇者編・なぞの鳥をさがせ！』も『魔女《まじょ》編・王国をすくえ！』も、大学の後輩《こうはい》に布教《ふきょう》目的で貸していて、二冊《にさつ》とも今うちにないわ」

「えぇっ！」

　ショック！

　TRPGを知っている人の数は、少ない。だから、一緒《いっしょ》に遊べる人を増やすため、うちの家族はしばしば「布教」と称《しょう》して、TRPGを紹介《しょうかい》する。

　まさか、よりによって、お兄ちゃんが布教中で、おまけにブルーシンガーRPGを貸してしまっていたとは、予想外だった。

　ラブロマンスの女神さまに、恋《こい》の成功を祈《いの》るおまじないをしたのに、どうしてさっきからうまくいきそうで、いかないのかしら？　いやになるなぁ、もう……。

「おい、悠也《ゆうや》。布教するのはかまわないが、ちゃんと家族に断ってから、ルールブックを家から持ち出すんだぞ」

「そうよ。せっかく悠乃が小さい子たちに布教をしようとしているのに、じゃますることになったじゃない」

お父さんとお母さんが、お兄ちゃんをしかってくれたので、少し胸がスッとした。

両親にそろって注意され、かわいい妹をがっかりさせたことを反省したのか、お兄ちゃんは頭を下げた。

「ごめんな、悠乃。だったら、かわりにラビットホール・ドロップスをやったらどうだ？あれなら、ブルーシンガーRPGと同じくらいわかりやすいから、ちびっ子たちにウケると思うぜ」

わたしの夢と希望が、また復活してくる。

「ラビットホール・ドロップスなら、悠乃もゲームキーパーができるし、小学校低学年の子でも楽しめる」

「そうね。それに、ラビットホール・ドロップスV2《ブイツー》のルールブックは説明がやさしいし、はがきサイズでショルダーポーチにも入るから、持ち運びに便利よ」

お父さんとお母さんも保証してくれたので、わたしは安心した。

これで、今すぐ出発できる……と思ったら、おなかがギュルルと鳴った。

そう言えば、子ども食堂かみふうせんへお昼ご飯を食べに行ったのに、結局食べないで引き返していたのだったわ……。

「あら、悠乃。やけに早い帰りだと思ったら、あちらでお昼ご飯を食べてこなかったの？　だったら、うちでお昼ご飯を食べて、仕切り直しをしてから、TRPG《ティーアールピージー》を教えに行けば？　確か、夕食の時間も食べられるのだったわよね？」

ナイス提案！

お母さんに、前もって子ども食堂かみふうせんへ行くと話しておいてよかった！

わたしは、お母さんの提案に従《したが》い、家でお昼ご飯を食べた。そして、短時間集中講座《しゅうちゅうこうざ》という形で、お兄ちゃんからラビットホール・ドロップスのゲームの説明の仕方やゲームの進め方のコツを教わった。

午後三時を迎《むか》え、わたしはラビットホール・ドロップスV2《ブィツー》のルールブックと、TRPGには欠かせないダイスと筆記用具とメモをクマ型ショルダーポーチにしまった。

『広報ななくさ』で読んだ記事によると、子ども食堂かみふうせんは十二時に昼食の時間が、五時に夕食の時間があり、夜七時まで開店している。

その間、お客さんたちは、お昼ご飯だけを食べに来てもいいし、夜ご飯だけを食べに来てもいいし、昼も夜も食べて、あいた時間を好きなようにすごしてもよいと書いてあった。

だから、この時間は闘志くんをはじめ、ほかの子どもたちがまだいる可能性は、じゅうぶん高い。闘志くんに、わたし、柏浦悠乃をよく知ってもらえるチャンスだわ！

わたしは、再び山門通り商店街へ向かう。

土曜日の午後の山門通り商店街は、午前中よりも観光客がひしめいていた。

和菓子屋《わがしや》さんには、日本人よりもきれいな日本語で、こしあんだけを売ってほしいと頼《たの》むインド人観光客のご夫妻がいた。けっこうご年配のご夫妻だけど、とても仲が良さそうだ。

わたしも、闘志くんとあんな風にすてきな夫婦になれたら……。

……て、まだ友だちにすらなれていないのに、わたしったら、どこまで考えているの！

頭を大きくふって気を取り直すと、子ども食堂かみふうせんへ向かう。

さっき一度来たから、道はもうわかっている。

今度は、ちゃんと準備をして来たから、碧海さんには負けないわよ！

深呼吸《しんこきゅう》を一つして、わたしは子ども食堂かみふうせんに入った。

「いらっしゃい！　夕食は五時からだから、ゆっくりしていってね」

少し季節をはずしたヒマワリ畑ののれんをめくったとたん、中にいたおばさんに大声であいさつされ、わたしは体がこわばるのを感じた。

初めて会う人、しかも、大人となると、どうしても緊張《きんちょう》する！

ましてて、そのおばさんが縦《たて》にも横にも大きいクマみたいなおばさんだから、なおさらだわ！

『広報ななくさ』の記事を見たときには、こんなに大きくて迫力《はくりょく》のあるおばさんだとは、気づかなかった……。

クマ型ショルダーポーチの肩《かた》ひもを思わず握《にぎ》りしめる。

「初めてだから、緊張しているのね。まあ、水を持って来るから、気楽にそこの小上《こあ》がりに上がって、あいている席で好きにしていていいんだわ」

「コアガリ？」

怖《こわ》がりのことかしら？

ききなれない日本語にわたしが首をかしげると、おばさんがちょっと考えてから言った。

「えっとねぇ。床《ゆか》よりも高くなっている畳《たたみ》のゾーンがあるでしょ？　そこを小上がりって言うんだわ」

初めてきく日本語だと思いながら、わたしはコアガリの方を見た。

すると、さっきと同じく、ローテーブルに小さな子どもたちが折り紙で遊んでいて、その中心に碧海さんがいた。

そして、無人のローテーブルを一つはさんだ、となりのローテーブルでは、闘志くんが吉田くんとトレーディングカードで遊んでいた！

ラブロマンスの女神さま、ありがとう！

これなら、ごく自然に闘志くんのとなりの席に座《すわ》れるわ！

わたしは、くつをぬいで、コアガリに上がった。

それから、変な呼吸音を立てないよう、慎重《しんちょう》に闘志くんのとなりに座る。

胸《むね》の高鳴りが、止まらなくなっていく。

「わあ、かわいいぬいぐるみバッグ！」

碧海さんから折り紙を教わっていた小学三年生くらいの女の子が、わたしのポーチにめざとく気づき、目を輝《かがや》かせて甲高《かんだか》い声をあげる。

えーっと、こういう場合は、何て答えればいいのかしら？

あせるわたしの視界《しかい》に、闘志くんの笑顔が飛びこんできた。

ちょうど、いいカードを出したらしい。

なんてかっこいい笑顔なの……。

闘志くんにふり向いてもらうためなら、小さな子たちと話すのだって何だって、やってみせるわ！

覚悟《かくご》は、決まった。

「クマさん、好き？」

わたしは、小学三年生くらいの女の子にきいた。

「はい！　このクマ、見たこともないキャラクターだぁ」

食い入るような眼差《まなざ》しで、女の子はわたしのポーチのクマを見つめる。

あーぁ。お兄ちゃんがブルーシンガーＲＰＧ《アールピージー》の本を後輩《こうはい》に貸してさえいなければ、このクマのイラストを見せられたのに。お兄ちゃんのバカ。

「これは、ブルーシンガーＲＰＧというＴＲＰＧ《ティーアールピージー》のキャラクターなの」

「てぃーＲＰＧ？」

ＲＰＧはテレビゲームで耳慣れていても、Ｔ《ティー》がつくのは初めてらしく、小学三年生くらいの女の子は、きき返す。

もしかしたら、これはいい話の流れかも！

わたしは、となりにいる闘志くんを横目で意識しながら、いかにも面倒見《めんどうみ》のいい女の子らしく、優《やさ》しく説明を始めた。

「テーブルトークロールプレイングゲームのことよ。ゲーム機を使わずに、自分たちがキャラを演じて、ゲームをクリアするの。一人用が多いテレビゲームとはちがって、大人数で遊べるのが、ＴＲＰＧの魅力《みりょく》ね。どんなゲームがあるのかっていうと……」

わたしは、クマ型ショルダーポーチの背中《せなか》のファスナーを開け、ラビットホール・ドロップスＶ２《ブィツー》のルールブックを取り出す。

「かわいい！」

小学三年生くらいの女の子を押《お》しのけ、よく似た顔の小学一年生くらいの女の子が、目を見開いて表紙を見つめる。表紙には、オレンジのマントを身に着けた白いウサギのイラストが、めいいっぱい描《えが》かれている。

「これが、ラビットホール・ドロップスというＴＲＰＧのルールブックよ。表紙のウサギは、うさぴょんというの。このゲームでは、うさぴょんにときには導かれ、ときにはじゃまをされながら、ドロップスと呼《よ》ばれる旅人になって、冒険《ぼうけん》をするのよ」

「冒険？　モンスターと戦うの？」

ずっと碧海さんから折り紙を教わっていた、小学一年生くらいの男の子二人組が、突然《とつぜん》話に割《わ》りこんできた。

「うん。ゲームのシナリオによっては、モンスターと戦うのもあるわ」

「マジかよ！　ヤベエな！」

もう一人の男の子は、うれしそうにさけぶ。

おいおい、君たち。いつからわたしの話をきいていたのよ！

「さっき大人数で遊べると言っていたけれど、そのゲーム、何人くらいまで遊べるの？」

赤いセルフレームの眼鏡《めがね》を直しながら、いきなり話しかけてきたのは、碧海さんだった。

えぇーっ！　まさかの碧海さんまで、ＴＲＰＧ《ティーアールピージー》に興味を持ったーっ？

わたしはびっくりしつつも、碧海さんの質問に答えるべく、すぐにラビットホール・ドロップスで使えるキャラクターの数を思い出した。

「六人まで遊べるわ」

それから、すかさずわたしに声をかけてきた人の数を数える。

よかった。碧海さんを入れて、五人だから余裕《よゆう》があるわ。

「だったら、さっそくやろう！」

「そうだよ。ここまで話をひっぱっといて、やらないなんて言わせないぞ！」

男の子コンビが、そろってせっつく。

ふだんなら、初めて会ったこんな小さい子からこんなに命令されたら、生意気でウザいだけ。だけど、今はちがう。

だって、闘志くんがとなりにいて、わたしが小さい子に好かれて見える状況《じょうきょう》を生み出してくれたんだもの！

「いいわよ。ちょうどキャラクターシートを持ってきているから、まずは好きなキャラクターを選んでね」

わたしは、家でコピーしてきたキャラクターシートを広げる。

ラビットホール・ドロップスV2《ブイツー》には、「騎士《きし》」「旅芸人」「王子／王女」「商人」「魔法《まほう》使《つか》いの弟子《でし》」「カエル」という、六人のキャラクターがいる。どのキャラクターも、とってもかわいいイラストで描《か》かれているので、わたしがこのゲームをするときは、キャラクター選びでかなり時間を取られる。

「クマさんはいないの？」

小学三年生くらいの女の子が、わたしにたずねる。

「ごめんね。クマのぬいぐるみさんは、別のゲームのキャラクターなの」

女の子は、たちまちおもしろくなさそうに顔をゆがめる。

「ウサギは？」

今度は、小学一年生くらいの女の子が、きいてきた。

次から次へと質問してきて！　小さい子は、扱《あつか》いがマジで面倒《めんどう》くさい！

でも、闘志くんにいいところを見せたいから、ここは我慢《がまん》よ！

「うさぴょんはゲームをする人ではなくて、ゲームキーパーが使うキャラクターだから、使えないの。ごめんね」

小学一年生くらいの女の子は、たちまち不機嫌《ふきげん》そうに鼻にしわを寄せる。この子と言い、小学三年生くらいの女の子と言い、この不機嫌ガールズめ！

「ねえ。王子さまか王女さまのキャラクターを選べば、持ち物の中にクマさんのぬいぐるみがいるわよ？　それに、カエルのキャラクターもかわいくていいわよ？」

碧海さんが、不機嫌ガールズへニコニコと話しかける。

「あ、本当だ。だったら、わたしは王女さまにする」

「わたし、カエルをやるくらいなら、魔法使《まほうつか》いの弟子《でし》になる」

すぐに、不機嫌ガールズはキャラクターを選ぶ。フォローをありがとう、碧海さん。

「おれ、騎士《きし》にする」

「おれ、商人！」

男の子コンビは、さっさと選んでくれた。

「だったら、運よくカエルが残ったから、わたしはカエルになる」

「ちょっと、麻耶《まや》お姉ちゃん。カエルになるって、人間をやめるの？」

「あはは。麻耶お姉ちゃん、カエルに変身だ！」

不機嫌ガールズが、仲良く碧海さんを笑う。

碧海さんも、笑って返す。

くもりのない、とても、きれいな笑顔だ。

負けずにわたしも、闘志くんにいいところを見せなくては！

わたしは、あわてててせきばらいをした。

「コホン。それでは、全員キャラクターを選べたところで、ゲームのルールを説明するわね。TRPG《ティーアールピージー》は、ゲームキーパーとプレイヤーに分かれてゲームをするの。このラビットホール・ドロップスの場合は、わたしがゲームキーパーとしてゲームを進め、みんなが冒《ぼう》険《けん》するシナリオの世界を案内するわ」

平気な顔をして見せているけど、闘志くんが近くにいるから緊張《きんちょう》しちゃう！

しっかりしなくちゃ！　ちゃんと呼吸《こきゅう》を整えて……。

「わたしから時計回りで、順番にみんなが自分のキャラクターを演じて、冒険をしてね。シナリオの中では好きなように自分のキャラクターを演じてもいい。けれど、ゲーム中にした行動が成功するか、失敗するかは、サイコロをふって決めるの」

おおっ！

小さい子たちも碧海さんも、わたしの話に真剣《しんけん》に耳をかたむけてくれている！

これなら、うまくゲームを進行させて、闘志くんにいいところを見せられるわ！

「わからないことがあったら、ゲームキーパーのわたしにきいて。では、これからラビットホール・ドロップスのゲームシナリオ『裏山《うらやま》のリンゴ』を始めるね。これは、ゲームの舞台《ぶたい》となる裏山の絵を描《か》いたシナリオアートというものよ」

わたしは、折りたたんだシナリオアートのコピーをポーチから取り出して、ローテーブルの上に広げた。

「かわいい！」

不機嫌《ふきげん》ガールズと碧海さんが、声をそろえて喜ぶ。

「あ、洞窟《どうくつ》の前に骨がある！」

「山の上の空には、大蛇《だいじゃ》が隠《かく》れている！　かっけー！」

男の子コンビも、興味津々《きょうみしんしん》だ。

初めて会う子たちと会話をするのは緊張するけれど、物心ついたときからＴＲＰＧはやっているから、大丈夫《だいじょうぶ》！

ちゃんとゲームキーパーを務めて、小さな子たちを遊ばせてあげて、面倒見《めんどうみ》のいい女の子だと、闘志くんに思ってもらえるわ！

わたしは、気合いを入れた。そして、ゲームのシナリオの導入のセリフを、小さな子たちと碧海さんに語り始めた。

わたしが語るにつれて、いかにも日本の田舎《いなか》にありがちな子ども食堂かみふうせんの室内は、いつしかラビットホール・ドロップスの世界へと変わっていった。

不機嫌《ふきげん》ガールズは王女さまと魔法使《まほうつか》いの弟子《でし》になり、男の子コンビは騎士《きし》と商人になり、碧海さんはカエルになって、ラビットホール・ドロップスの世界を旅する者となった。

見知らぬ世界で親切にしてくれたおばあさんのために、旅人たちは裏山《うらやま》のリンゴを取りに、冒険《ぼうけん》をくり広げた。

わたしは、ときにナレーター、ときにおばあさん、ときにうさぴょんになり、ゲームのシナリオを進めた。

「みんな、あと十分で夕ご飯だから、テーブルをくっつけておいてほしいんだわ」

おばさんの声がきこえたのは、ちょうど、無事に冒険をクリアしたのと同じタイミングだったので、わたしはもちろん、みんなも本当に元の世界にもどって来られた気分になった。

わたしたちのいる場所は子ども食堂かみふうせんそのもので、わたしのとなりには、闘志くんが、さっきよりも、うんと近くにいた！

TRPG《ティーアールピージー》を始める前は、吉田くんとトレーディングカードゲームをしていたのに、いつの間にかわたしのとなりに立って、わたしを見ていたのだ！

心臓《しんぞう》が、急にバクバクと大きく脈打ち始めた。背中《せなか》や手のひらに、汗《あせ》がどっとにじみ出る。顔が赤くなっていなければいいけど……。

「おもしろいゲームを知っているんだな！　すげえな！　おまえ、うちのマンションにいるやつだよな？　今度、学校で教えてくれよ。どこのクラスだ？」

闘志くんにほめられた！

ラブロマンスの女神さま、ありがとう！

「ええ、いいわよ！」

わたしは、自分が早口になるのを感じながら、答えた。

「ゲームを見るのに夢中で、飯を待っている時間が、あっという間だったぜ！」

吉田くんは、わたしではなく、碧海さんへ言う。

「うん。ゲームをしているのもすごく楽しくて、もう夕ご飯の時間で、びっくり！　ありがとう、えーっと……」

碧海さんは頭を下げてお礼を言う途中《とちゅう》で、まだわたしの名前をきいていなかったことに気がついた。

わたしも、名乗り忘《わす》れていたことに、今気がついた。

「ちょうどいいから、自己紹介《じこしょうかい》を今しちゃったらいいんだわ」

おばさんが、台所からカレーの香《かお》りとともに現れ、提案する。

わたしは、闘志くんとみんなの視線《しせん》のせいで、顔が熱くなるのを感じた。ついに赤くなってしまったみたいだ。

「自己紹介《じこしょうかい》と言っても、何を言えばいいのやら……」

かすれた声で誰《だれ》に言うでもなくつぶやくと、なんと、闘志くんがひざを曲げて、わたしの耳元へ顔を近づける。

近い！　近い！　でも、幸せ！

「学校と学年と名前を言えばいいんだよ。あとは、好きなことや得意なことを言えばいいんだ。でも、おまえの場合、そのゲームの達人だってのは、もうみんなわかっているから、言わなくていいぜ」

何のとりえもないわたしが、達人だなんて！

闘志くんに、またもほめられたわ！

やったぁ！

がんばって自己紹介をするわよ！

わたしは、大きく深呼吸《しんこきゅう》をした。

「七草第二小学校六年二組、柏浦悠乃です。よろしく！」

一気に言い終えると、勢いよく頭を下げる。

とたんに、拍手《はくしゅ》が巻《ま》き起こる。

ま、まさか、ここまで歓迎《かんげい》されるとは、思いもしなかったわ！

しかも、碧海さんより、わたしの方が闘志くんに注目してもらえている！

まるで夢みたい！

でも、みんなと一緒《いっしょ》にローテーブルをくっつけて、カレーを並《なら》べる作業をしているのは現実だし、台所から人数分のグラスと水差しを運んだのも現実だ。

だから、わたし、柏浦悠乃を闘志くんに知ってもらったのも、すべて現実の出来事なんだわ！

「では、新しいメンバーの悠乃ちゃんもご一緒に、手を合わせて『いただきます』をしましょう！」

おばさんは、わたしのとなりに座《すわ》る。

「では、みんな。いただきます！」

「いただきます！」

わたしは、みんなと声も手もそろえ、いただきますを言うと、スプーンを手に取る。

そして、子ども食堂かみふうせんのカレーと見つめ合った。

カレーは、野菜がたっぷり入っていた。

ルーの上に、丸く小山の形にお米がよそわれ、頂上《ちょうじょう》部分に細く縦長《たてなが》に切られた二切れの赤いパプリカが立つように刺《さ》さっている。中腹《ちゅうふく》部分にはレーズンが二つぶ埋《う》めこまれ、皿を後ろに回して見ると、ふもとの部分にカリフラワーがあった。

まるで、草原仕立てのカレールーの上に、お米と野菜でできたウサギがいるみたい。

なんて、かわいいのかしら！

食べるのが惜《お》しくて、わたしがじっと見つめていると、おばさんがニコニコと話しかけてきた。

「気に入ってくれた？　うちは、食堂と言っても、素人《しろうと》がやっているからね。味で勝負できない分、見た目でがんばってみようと、料理の本をまねして作ってみたんだわ」

「すごく気に入った！　食べるのが惜しいくらい！」

わたしはスプーンを握《にぎ》りしめ、おばさんに答えた。

「そりゃ、よかったわ。でも、冷める前に食べてね」

おばさんの言うとおりだ。

わたしは、スプーンでカレーのルーをすくって食べようとして――。

――見てしまった。

わたしの向かいに座《すわ》っている闘志くんが、背中《せなか》を丸めて顔をカレーのお皿に近づけ、スプーンを下から握って手首をそる形で持ち、かきこむように食べる姿《すがた》を。

「闘志くん。いつも言うようだけど、背筋《せすじ》をのばして食べた方が、食べやすいんだわ」

おばさんが、遠回しに闘志くんへ注意をする。

「平気平気。おれ、この格好の方が食べやすいんだ」

闘志くんは、おばさんの言いたいことをまったく理解せず、カレーをかきこんでいく。

姿勢《しせい》を良くして、エンピツを持つような手つきでスプーンを持って、食事をする。

そんな当たり前の食事の仕方を、闘志くんはできていなかった。

最高に意地汚《いじきたな》く、食べていた。

カレールーで口のまわりはベトベトになり、前髪《まえがみ》にも今にもくっつきそうだ。

わたしの胸《むね》の中で、盛大《せいだい》な音を立てて、何かがくずれ去って行った。

子ども食堂かみふうせんの夕食の時間を終えると、親が迎《むか》えに来て、子どもたちが一人、また一人と帰っていった。

闘志くんは吉田くんと一緒《いっしょ》に、碧海さんは迎えに来たお姉さんと一緒に帰って行った。

わたしは、お父さんが迎えに来てくれる約束になっていたが、まだ来ていない。

だから、一人だけになったわたしは、壁《かべ》に寄りかかり、ぐったりとしていた。

二年間見つめ続けてきた闘志くんのイメージが、さっきの夕食の時間であっという間にうちくだかれたせいだ。

ラブロマンスの女神さまは、どこかへ飛び去ってしまった。

もう、闘志くんのことを考えても、今までみたいに顔が熱くなることも、心臓《しんぞう》がドキドキすることも、なくなっていた。

嫌《きら》い、とまでは言わない。

でも、今までのように、好きだとは思えない。

そして、今までのように闘志くんを好きだと思えなくなったせいで、何とも言えないけだるさが、わたしの中に広がっていた。闘志くんを好きではなくなったわたしは、恋《こい》する女の子という特別な自分から、また「理想の自分」とかけ離《はな》れた、地味でつまらない女の子に逆もどりしてしまったのだ。

黒い雲が、わたしの心の太陽をおおい隠《かく》しながら、はてしなく広がっていく。

思わずため息をつくと、おばさんが近づいてきた。

「ねえ、悠乃ちゃん。お願いしたいことがあるんだわ」

「なぁに?」

わたしは、自分でも驚《おどろ》くほど、つっけんどんにおばさんに返事をしていた。

でも、おばさんは気にしていないようだ。

「あのね、今日うちでやってくれたゲーム。テーブルなんちゃらってゲームを、次のお昼ご飯の時間にも、またボランティアでやってほしいんだわ」

「ボランティア?　あんなの、ただ遊んでいただけで、ボランティアなんかではないわ」

わたしは、おばさんの大げさな言い方に、力なく吹《ふ》き出す。

ボランティアなんて、すごく優《やさ》しいとか、うんとたくましいとか、そういう「理想の自分」をかなえられた、特別な人じゃないと務まりそうにない。わたしみたいなつまらない子が、なれるわけがない。

すると、おばさんが力強く首を横にふった。

「何を言っているの、悠乃ちゃん！　あんなにたくさんのお客さんたちを楽しませてくれたのは、立派《りっぱ》にボランティアなんだわ」

おばさんは、大きなこぶしを握《にぎ》りしめた。

「それと、うちの食堂を助けてくれたのも、立派なボランティアなんだわ。はずかしい話、今までこの子ども食堂には、折り紙と絵を描《か》く画用紙くらいしか遊ぶものがなくて、あとは、お客さんたちが自分たちで遊び道具を持ちこまなきゃならなくてね。お昼ご飯と夜ご飯の合間に、それはもう、お客さんたちを退屈《たいくつ》させて、申しわけない思いをしていたんだわ」

折り紙とお絵描《えか》きだけ……それしか遊ぶことがないのは、確かに退屈ね。

「でも、悠乃ちゃんがテーブルなんちゃらってゲームで、大人数をいっぺんに遊ばせてくれたし、一つのゲームをするのに時間をたっぷり使うから、とっても助かったんだわ」

ただ遊んでいただけ、それも、闘志くんにふり向いてもらうためにしていただけ。

ちっとも、人助けなんてするつもりはなかった。

それなのに、おばさんは助けられたと言って、わたしに感謝しているし、ボランティアをしてほしいと頼《たの》んできている。

「こんなつまらない女の子のわたしに、ボランティアをしてほしいと頼むの？」

ただでさえ、イライラしていたわたしは、またもつっけんどんにおばさんへ返す。

すると、おばさんは、歯ぐきが見えるほど、口を大きく開けて笑った。

「つまらない女の子？　謙《けん》そんしすぎだわ、悠乃ちゃん。誰《だれ》に言われたか知らないけど、悠乃ちゃんがおもしろいゲームを知っていて、たくさんの子を楽しませることのできる、すごい女の子だと感心したから、あたしはボランティアを頼んだんだわ。ただ、ご飯を食べさせるだけではなく、来た人たちが楽しんで、おなかも心も満足してもらえるように、あたしはこの子ども食堂を運営していきたいんでね。ねえ、ボランティアしてもらえないかしら？」

すごい女の子。

勉強も運動も特別できるわけではないし、これといった特技もなく、見た目も平凡《へいぼん》で「理想の自分」からほど遠いわたしには、今まで言われたこともない、ほめ言葉だ。

くすぐったいけど、ちょっといい気分！

闘志くんに恋《こい》をしているから、自分は特別な女の子で、つまらない女の子ではないと自分自身をはげまし続けていた。

だから、一生懸命《いっしょうけんめい》追いかけてきた闘志くんが、じつは、かっこよくも何ともない男の子とわかり、恋《こい》する気にはなれなくなったとき、暗い気持ちになるしかなかった。

でも、もう、いいんだ。

闘志くんに恋をする気になれなくても、わたしは、子ども食堂かみふうせんのおばさんから、いきなりボランティアをやってほしいと頼《たの》まれるほど、すごい女の子だったんだ！

わたしの心の中に、新しい何かが芽吹《めぶ》いてくる。

「こんばんは、柏浦悠乃の父親ですが、悠乃はいますか？」

子ども食堂かみふうせんののれんがめくれ、ラピスラズリのような夜空をおともに、お父さんが迎《むか》えに来てくれた。

第四章

湾田《わんだ》一平《いっぺい》のはなし

子ども食堂かみふうせん。

ぼくが、その存在《そんざい》を知ったのは、一学期の帰りのホームルームだった。

「みなさん。山門通《さんもんどお》り商店街の八百屋のやおかぜさんが、ご自宅《じたく》の一部を改造して、子ども食堂を始められました。名前は、『子ども食堂かみふうせん』です。毎月第二と第四土曜日のお昼の十二時から夜の七時まで開いていて、小学生は百円でご飯を食べることができます。おうちで一人でご飯を食べないといけない子も、そうでない子も、誰《だれ》でも歓迎《かんげい》だそうですから、興味がある人は行ってみましょう」

新しく担任《たんにん》になった涼子《りょうこ》先生は、今までの先生たちとちがって、ぼくら児童にもきちんとていねいな言葉を使う。

おかげで、ほかの先生たちからは、「お嬢《じょう》さん先生」とあだ名をつけられているが、ぼくは涼子先生が好きだ。なんでときかれたら、うまく言えないけど、ぼくたちに心を開いている感じがするから……と答えるのが一番正解に近い。

それに涼子先生は、いろいろと質問をしても、今までの先生たちみたいに、「子どもは知らなくてもいい」とか、「どうでもいいことをきくな」とか言わない。ましてや、きこえなかったふりなんて、絶対にしない。

それどころか、「とてもいい質問を思いつきましたね」などと言って、ほめてくれる。好きにならない方が難《むずか》しい。

ぼくは、子ども食堂かみふうせんのことをもっと知りたくて、手をあげて質問しようとした。

「みなさん、ちょっと失礼します」

突然《とつぜん》、涼子先生は、ぼくらへ軽く頭を下げると、廊下《ろうか》にかけ出していく。

すぐにもどって来たときには、顔をくもらせていた。

「急に教室を飛び出して、失礼しました。今、とても疲《つか》れた様子でランドセルを背負《せお》って帰って行く女の子が見えたのですが、彼女《かのじょ》はどこのクラスの子か、どなたか知っていますか？　あいにく、わたしは今年こちらの小学校へ赴任《ふにん》してきたばかりで、まだ全員を把握《はあく》しきれていないので、みなさんの助けを借りたいのです。よろしくお願いします」

涼子先生が、どの女の子のことを言っているのか、クラスのみんなはわかっていた。となりの、となりのクラス、六年一組の女の子のことだ。ゾンビみたいに薄汚《うすよご》れてボロボロな感じで学校へ来るので、けっこう有名だ。

学級委員が手をあげて、ぼくらを代表して説明をすると、涼子先生は青ざめた顔になる。

「そうでしたか。では、みなさん。今日のホームルームはこれまで。先生の話をきいてくれて、ありがとうございました。さようなら」

みんなは、これで家に帰れると大喜びだったけど、ぼくは涼子先生に子ども食堂かみふうせんについて、もっとくわしくききたかった。

涼子先生が、かけ足で一組の教室へ向かうのを、ぼくはあわてて追いかける。同じ六年生のクラスと言っても、離《はな》れた別の校舎にあるから、けっこうな距離《きょり》がある。

そんな距離を歩いてまで、あのゾンビ女子がうちの校舎に来たのは、おそらく自分のクラスのある校舎にいると、いじめっ子たちのえじきにされるからだろう。

何度か涼子先生を見失いながら、ぼくはやっとの思いで一組の教室にたどり着いた。

涼子先生は、一組の担任《たんにん》の先生と話しているところだった。一組の担任は、日に焼けたおじさん先生で、がんじょうそうな体格をしているから、涼子先生が小さく見えた。

「あの女の子は、大丈夫《だいじょうぶ》でしょうか？　ご家庭で何らかのトラブルがあったのかもしれません。臨時《りんじ》の家庭訪問《かていほうもん》をなさった方がよろしいかと思います」

「そりゃあ、ぼくだって彼女《かのじょ》の家に行って、保護者に事情をきいてみたいよ。だけどね、学校は児童相談所とはちがうんだし、今は個人情報とかプライバシーとかもあるから、どうしたらいいかわからないんだよ。電話したって出やしないしね。だから、本人の口から事情を話してくれるのを待っているんだ。彼女が何も言わないうちにこちらが動いたせいで、保護者が怒《おこ》ってあの子にもっとつらく当たるようになったら、元も子もないからね。何の権限《けんげん》もない、ヒラの教師のつらいところさ」

涼子先生は、一組の先生の話をきき終えると、口をつぐんで引き下がり、肩《かた》を落として一組の教室を出た。

「後で、直接、彼女に話しかけてみるしかなさそう……」

涼子先生のひとりごとを耳にしながら、ぼくはやっとできたチャンスを逃《のが》さないよう、話しかけた。

「涼子先生、つかぬことをおうかがいしたいのですが、よろしいですか？」

「あら、一平《いっぺい》くん。授業が終わっても質問だなんて、好奇心《こうきしん》おう盛《せい》で、感心ですね。いいですよ。何なりと質問をしてください」

涼子先生は、気を取り直したように背筋《せすじ》をのばす。

「子ども食堂かみふうせんの説明のとき、どうして、わざわざ『家で一人で』食事をしている子どもを引き合いに出されたのですか？」

涼子先生は、ほほえみを浮《う》かべた。

「それは、子ども食堂が作られた背景《はいけい》に、孤食《こしょく》の問題があるからです。一平くんは、孤食という言葉をきいたことがありますか？」

ぼくは、首を横にふった。

涼子先生は、バカにせず、むしろ、説明できるのがうれしそうに語り始めた。

「孤食とは、一人で食事をすることです。けれども、なぜ子どもが一人で食事をしなければいけないのか。その背景には、さまざまな問題を抱《かか》えている場合が多いのです。たとえば、家庭の貧困《ひんこん》があります。また、裕福《ゆうふく》な家庭でも両親の仕事が忙《いそが》しくて一緒《いっしょ》にいられないこともあります」

それが、どう子ども食堂と関係してくるのだろう？

ぼくは、ふしぎでたまらなかった。だから、涼子先生の説明に、さらに熱心に耳をかたむけた。

「しかし、どんな理由があろうとも、たった一人で食事をするさびしさに変わりはありません。さびしさは、人間の心を傷《きず》つけます。そのため、さびしさに傷つけられた子どもが一人でも多く、いやされるように作られた子ども食堂が全国各地にあります。ですから、子ども食堂かみふうせんの説明には、おうちでご飯を一人で食べなければならない子という言葉を入れました」

涼子先生の説明を、ときには長いとバカにする友人たちがいる。でも、ぼくは納得《なっとく》がいくまでちゃんと説明してもらえるから、ありがたい。

今も、涼子先生の説明に、ぼくはとても納得した。

「さようでしたか。ありがとうございます。とてもよくわかりました」

ぼくが頭を下げると、涼子先生はまた優《やさ》しく、ほほえんだ。

「一平くん、前から気になっていたのですけれど、もしかして時代劇《じだいげき》が好きですか？」

「どうしておわかりに？」

一度も時代劇を好きなことは話したことがないのに、涼子先生が見抜《みぬ》いたので、ぼくは驚《おどろ》くほかなかった。

「話すときに、ときどき時代劇口調《じだいげきくちょう》がまじるから、何となくそう感じていました。そうですか、やはり好きでしたか。では、今度、司書の先生に時代小説をお願いしてみることにします。図書の購入《こうにゅう》の参考になり、とても助かりました」

時代劇は好きだけど、時代小説はあまり……と、思ったけれど、涼子先生がせっかく図書室に置いてくれようとしているのだから、読んでみよう。

ぼくは、お礼を言う涼子先生に恐縮《きょうしゅく》してから、教室にもどり、下校した。

家に帰っても、子ども食堂かみふうせんの話が、頭から離《はな》れなかった。

こんなに頭から離れないなんて、自分でもびっくりだ。

ぼくは、誰《だれ》もいないダイニングを見渡《みわた》した。

お父さんとお母さんとおじいちゃんとおばあちゃんは、お店。

お兄ちゃんは、専門《せんもん》学校。

お姉ちゃんは、大学。

今、庭付き一戸建《いっこだ》てのこの家で会話しているのは、テレビの中の人たちだけだ。

おばあちゃん推《すい》せんの大河《たいが》ドラマ『新・平家物語《へいけものがたり》』の総集編ＤＶＤ《ディーブイディー》は、いつ見てもかっこいい。特に、平清盛《たいらのきよもり》の重く低い声がかっこいいし、源頼政《みなもとのよりまさ》と以仁王《もちひとおう》の木と花をたとえに使ったやりとりは、いつ見てもしびれる。

でも、ぼくはあの人たちの会話には入れない。一方的に、見ているだけだ。

ああ、会話したい！　会話したい！

ぼくは、平均的な自分の日常をふり返ってみた。

朝は、お母さんがテーブルの上に用意してくれた作り置きのご飯を一人で食べて、学校へ行く。とっくに家族のみんなは仕事や学校に出かけてしまっている。会話は、ない。

平日の昼は、学校で友だちや涼子先生と楽しく給食を食べているから、会話に満ちあふれている。

ただし、休日になると、お兄ちゃんとお姉ちゃんは店の手伝いに行っている。だから、ぼくは一人きりで、お母さんが冷凍庫《れいとうこ》にストックしてくれた料理を電子レンジで解凍《かいとう》して食べる。会話は、ない。

そのときだ。

頭から、切り離そうと思っていた子ども食堂かみふうせんが、舞《ま》いもどってきた。

誰《だれ》かと会話をするために、子ども食堂かみふうせんへ行ってみたい。

そんな考えが、ぼくの頭をよぎった。

でも、すぐに、だめだとさとった。

平日休日、どちらの夜も八時まで、湾田家《わんだけ》にはぼく一人しかいない。

八時になったら、おばあちゃんがお店から出て、夕食を作りにもどって来てくれる。

おばあちゃんは、いつもとても疲《つか》れているように見えるから、話しかけにくい。

さらに、おばあちゃんは夕食を食べ終えたら、またお店にもどる。

だから、夜の十時半に家族が家に帰ってくるまで、湾田家を守らなければならない。

『新・平家物語《へいけものがたり》』の総集編ＤＶＤ《ディーブイディー》には、平清盛《たいらのきよもり》のお母さんが家族の役に立たない上に、わがまま放題した挙《あ》げ句《く》、家を出て行って、家族みんなを悲しませる話がある。

この話を見るたびに、ぼくも家族の役に立ってないけれど、せめて、わがままばかりを言って家族みんなを悲しませるような人間にだけはなるまいと思う。

一生懸命《いっしょうけんめい》仕事や学校をがんばっている家族みんなのために、ぼくだってがんばらねば。

だから、子ども食堂かみふうせんで、夕食を食べるのは、絶対にだめだ。

でも、昼ご飯を子ども食堂かみふうせんへ食べに行くのも、絶対にだめだ。

土曜日や日曜日、学校もない日にお昼ご飯を食べるのは、まちがいなく一人きりで食事をする行為《こうい》にあてはまる。

子ども食堂かみふうせんへ行ってもいい子どもの条件にあてはまる。

だけど、それでも、だめだ。

ぼくが、子ども食堂かみふうせんへ行くことは、許されることではない。

なぜなら――。

そのとき、家の電話が鳴った。

ナンバーディスプレイには、非通知と表示されている。こういう電話は、出てはだめだと教わっているので、ぼくは出なかった。

電話は、留守番電話に切りかわったところで、用件も告《つ》げずに切れる。

オレオレ詐欺《さぎ》かもしれないし、強盗団《ごうとうだん》がうちの様子を探《さぐ》るためにかけてきたかもしれない。お母さんから、そう教わっているので、ぼくは非通知の電話がかかってくるたびに、怖《こわ》くなる。

再び電話がかかってくる気配がないので、ぼくは安心して『新・平家物語』の総集編を見続けた。

そして、怖《こわ》いのも、子ども食堂かみふうせんへ行きたい気持ちも、心の奥《おく》へと押《お》しこめた。


涼子先生から子ども食堂かみふうせんについて教わってから、一か月がすぎた。

五月を迎《むか》え、クラスで新しい友だちもたくさんできた。

時代小説は購入《こうにゅう》できなかったけれど、日本の古典は購入できたと言って、涼子先生が『平家物語《へいけものがたり》』を勧《すす》めてくれたので、それを読む楽しみができた。

だけど、ぼくの心の中には、あいかわらず子ども食堂かみふうせんが、忘《わす》れられずに残っていた。

なぜ、そんなに強く忘れられずにいるのか、自分でもふしぎだ。

でも、ぼくは、絶対に子ども食堂かみふうせんへ行ってはいけない。

そんなことをすれば……。

……でも、やっぱり気になるな。

そこで、五月の第四土曜日の昼。

ぼくは、ついに決心した。

子ども食堂かみふうせんを、ちょっとだけのぞいてみよう。

昼間の留守番は、夜とちがって、外出を許されている。

ぼくは、戸締《とじ》まりとセキュリティシステムの電源《でんげん》がオンになっているのを確認《かくにん》した。

そして、涼子先生からもらった子ども食堂かみふうせんのチラシをウエストポーチにしまうと、出発した。

山門通り商店街は、観光名所の七草寺《しちそうじ》に続くだけあり、いつも人通りが多い。観光客相手の店と、地元の人がいつも買い物をする店がせめぎあっているから、とてもにぎやかだ。

でも、こうしてたくさんのにぎやかな人たちの中にいても、ぼくと会話しないのだから、テレビを見ているのと変わりない。

学校や塾《じゅく》であった今日のおもしろい出来事を報告《ほうこく》する。そんな、家族に話すような会話をしてみたい。子ども食堂かみふうせんへ行けば、その望みがかなうかもしれない……でも、絶対に行ってはいけない。

自分の心にブレーキをかけながら、ぼくはようやく子ども食堂かみふうせんをやっている、八百屋のやおかぜを見つけた。

店の前には、いかにも日曜大工で作った感じの看板《かんばん》が設置され、チラシを拡大《かくだい》コピーしたポスターがはられていた。ポスターの下に、赤い模造紙《もぞうし》を切り抜《ぬ》いた紙の矢印がはられている。ラミネート加工をして、風雨をしのげるようにしてある。

こういうていねいな仕事をしている人が、ボランティアでやっている子ども食堂なら、きっと楽しい場所なんだろうな。

この矢印に従《したが》い、このまま子ども食堂かみふうせんに行きたい。

ぼくが迷っていると、強烈《きょうれつ》な悪臭《あくしゅう》が鼻をつく。

鼻の曲がるにおいとは、まさにこのことだ。

ふり返ると、そこにはあぶらぎったフケまみれの髪《かみ》を、おどろおどろしくのばしたままの、子どもがいた。

一瞬《いっしゅん》、幽霊《ゆうれい》だと思った。

でも、よく見たら、六年一組のゾンビ女子だった。

長い前髪《まえがみ》の奥《おく》で目を変に細めている。どうやら、子ども食堂かみふうせんのポスターを見たいらしい。

気味が悪くなったので、ぼくは急いで看板《かんばん》の前から離《はな》れた。

ゾンビ女子は、五秒ほどポスターの前に立ち止まったのち、矢印に従って路地に入って行った。子ども食堂かみふうせんを目指しているのは、あきらかだ。

あんなゾンビ女子、すぐに追い返されるのではないかと気になるので、ぼくは向かいの店の並《なら》びに隠《かく》れて、あの女子が出てくるのを待った。

五分。

十分。

十五分経過《けいか》しても、ゾンビ女子は追い出されてこなかった。

一人きりで食事をしなければならない子どものための食堂と教わっていたけど、あんなゾンビ女子まで受け入れるなんて、思いもしなかった！

だったら、ぼくも受け入れてもらえるかも……。

……だめだ。

ぼくが、子ども食堂かみふうせんへ行くことは、決して許されることではない。

それに、最初からのぞくだけと、自分で決めていたじゃないか。

自分の決めたことをやり通せないのは、だめな人間だと、お父さんがよく言っている。

ぼくは、だめな人間ではない。

湾田家の立派《りっぱ》な一員だ。

この子ども食堂が、どんな子どもでもお客さんとして受け入れるとわかっただけで、満足しよう。もう、これきり、子ども食堂かみふうせんへ行くのは、やめよう。

ぼくは、ふり返らずに、山門通りの人ごみにまぎれ、自分の家に向かった。


決めたことをやり通せないのは、だめな人間だと、お父さんがよく言っている。

そのとおりだ。

ぼくは、だめな人間だ。

六月の第二土曜日の夕方。

ぼくは塾《じゅく》の帰り、夕方の山門通り商店街を通り、子ども食堂かみふうせんを目指した。

子ども食堂かみふうせんへ行くことは、許される行為《こうい》ではない。

すべて承知の上だが、それでも、今日はどうしても決まりを破りたかった。

塾の友人たちと○×ゲームをして、初めて十連勝をした偉業《いぎょう》を、今すぐ誰《だれ》かに話したくて話したくて、たまらなかった。

お兄ちゃんとお姉ちゃんに、メールをしてもいいけれど、文章をうまく書けないから、この感動がじゅうぶんに伝わりそうにない。

理想は、ぼくの話を一番きいてくれる涼子先生に話すことだけど、今日は土曜日で学校は休みだから、会えない。

だから、どうすればいいか、悩《なや》んでいたそのとき、ぼくの頭に子ども食堂かみふうせんの名前がよみがえってきたのだ。

子ども食堂かみふうせんで、誰かと会話したい！

そういうわけで、今。ぼくは、子ども食堂かみふうせんへ向かっていた。

六月の夕方は、まだまだ青空が残っている。

ぼくは、人ごみをかき分け、速足で歩道を進む。

八百屋のやおかぜが見えて来たので、もうすぐだ。今日こそ決まりを破って、決して行ってはならない子ども食堂かみふうせんに入れる……。

そう考えると、ぼくの足はすくみ、動けなくなる。行きたいけど、行ってはいけないと、もう一人の自分が、ブレーキをかけている。

悩むぼくの横を女の子がすり抜《ぬ》け、子ども食堂かみふうせんに続く路地へと入って行く。

赤いセルフレームの眼鏡《めがね》がとてもよく似合う、モデルみたいにかわいい女の子だ。

この前は幽霊《ゆうれい》みたいなゾンビ女子と真正面に出くわして、度肝《どぎも》を抜かれた。

だけど、今日はかわいい女の子とすれちがえるなんて、ついている！
しかも、子ども食堂かみふうせんに入っていった。なら、これから行けば、友だちになれるかもしれない！

女の子について行こうとしたところで、ぼくは後ろから強い衝撃《しょうげき》を受けた。後ろから歩いてきた人に、追い抜《ぬ》かれざま、思いきりぶつかられたのだ。

ぼくが、子ども食堂かみふうせんに入ろうか入るまいか悩《なや》み、ずっと立ち止まっていたのも悪い。でも、一言くらい「失礼」と言ってほしいものだ。

一人称《いちにんしょう》が「ぼく」だから、たいていの人はぼくをおとなしい少年とかんちがいしている。けど、ぼくは湾田家の男らしく、決しておとなしくはない。

山奥《やまおく》の学校を卒業するや、風呂敷《ふろしき》包み一つ背負《せお》って横浜《よこはま》まで出てきて、今では人気店の経営者にまでのし上がったおじいちゃんのように、たくましいところがあるんだ。

「おい！」

と、声をかけたものの、それ以上、言葉は続かなかった。追い抜かれざまに見えた相手が、あの八潮闘志《やしおふぁいと》だったせいだ。

八潮闘志は、あのかわいい女の子の後を追うように、路地へとかけて行った。

八潮闘志。

国民的美少女子役である八潮良好《やしおふぁいん》ちゃんの兄とは思えない、不良小学生だ。

あいつに目をつけられると、どんな目にあうか。

公園に寝泊《ねと》まりしていたホームレスの老人が、八潮闘志とその取り巻《ま》きに目をつけられ、数々の嫌《いや》がらせを受けて寝泊まりする場所を変えた。そういううわさを小耳にはさんだことがある。

そして、あのゾンビ女子をいじめていたのも有名だ。

とにかく、八潮闘志に関わると、ろくな目にあわない。

あんなに下劣《げれつ》な人間なのに、有名人の家族であること、顔がいいこと、成績が抜群《ばつぐん》にいいことから、先生や男子たちから評判がよくて、女子たちのあこがれの的なのが、どうも解《げ》せない。

そうそう、八潮闘志について、もう一つ思い出した。

あいつは、けんかがめっぽう強いんだ……。

おじいちゃん、ごめんなさい。

ぼくは、あなたの孫なのに、湾田家の男なのに、たくましくありません。

八潮闘志に抗議《こうぎ》するのをあきらめ、ぼくはすごすごと背《せ》を向けて歩き出した。

絵に描《か》いたように、無様《ぶざま》だ。

でも、まだなぐさめはある。

八潮闘志と出くわしたおかげで、子ども食堂かみふうせんへ行くのに、あきらめがついた。

あいつと出会わなければ、ぼくは、あのまま子ども食堂かみふうせんに行ってしまった。

それは、決して許されることではない。

許されないことをせずにすんだんだ。

ぼくは、何度も自分に言いきかせ、なぐさめ続け、誰《だれ》もいない家へと帰っていった。


訪《おとず》れた夏休みは、ぼくの心にうるおいを与《あた》えた。

お兄ちゃんとお姉ちゃんも学校が夏休みで、家にいてくれたからだ！

昼間や夜に、誰かが一緒《いっしょ》にいてくれて、話し相手になってくれる。

なんて楽しいんだろう！

しかも、お兄ちゃんはお昼ご飯を作ってくれるし、お姉ちゃんはおやつを作ってくれる！

これが、とてもおいしい！

「下手なカフェ行って、スイーツ注文するより、一葉《ひとは》の作ってくれる蒸《む》しパンの方がうまいな」

「うん！」

お兄ちゃんの意見に、すかさず賛成する。

「そんなことを言ったら、一郎《いちろう》くんの作ってくれるランチの方が、そこらのフードコートへ行くより、ずっとヘルシーでおいしいわ」

お姉ちゃんは、双子《ふたご》だから、お兄ちゃんのことを名前で呼《よ》ぶ。

当然のことながら、ぼくはお姉ちゃんの意見にも賛成だ。

「なあ、一平。おやつを食べ終えたことだし、兄ちゃんと一緒に海に行かないか？　写真撮影《さつえい》に使う貝がらを拾い集めてほしいんだ」

「いいよ」

お兄ちゃんの趣味《しゅみ》は、銀塩《ぎんえん》フィルムによるアナログカメラの写真撮影だ。ときどき、うちのお風呂場《ふろば》を暗室に改造して、自分が撮影した写真のフィルムを現像する。そのときに使う薬品のにおいがもれ、家の一階をお酢《す》みたいなにおいにして、居合わせた家族にあきれられている。

「二人とも。行ってもいいけど、食器を片《かた》づけてからにしてよね？」

お姉ちゃんに注意され、ぼくとお兄ちゃんは、あわてて食器を片づけにかかった。

「そうだ、お兄ちゃん。お姉ちゃん。ぼく、『平家物語《へいけものがたり》』を全部読み終えたんだ！」

食器を洗《あら》っていて、ぼくは唐突《とうとつ》に思い出した。

「マジかよ、一平。兄ちゃん、授業で習った以外、読んだことねえのに、すごいな！」

「時代劇《じだいげき》の次は、古典にハマっているとは、一平は将来《しょうらい》、国語か社会の先生になれそうね。すでにベースになる知識が、小学生のうちからつまっているんだもの」

お兄ちゃんとお姉ちゃんは、ぼくの話をおもしろがってきいてくれた。

ああ、会話ができるって、なんて楽しいんだろう！

こんな調子で、ぼくの夏休みは楽しくすぎていった。


その反動かどうか知らないけど、夏休みを終えて二学期に突入《とつにゅう》したとたん、ぼくは子ども食堂かみふうせんの存在《そんざい》を思い出した。

第二土曜日が近づくにつれ、ぼくの中で入道雲がわいてくるように、子ども食堂かみふうせんへ行きたい気持ちが大きくふくらんできた。

DVD《ディーブイディー》でおばあちゃん推《すい》せんの時代劇を見ていても、涼子先生お勧《すす》めの本を読んでいても、気がつけば、子ども食堂かみふうせんについて考えていた。

パソコンを開いて、ネット検索《けんさく》して調べてみたいと思った。だけど、家族が一緒《いっしょ》にいないときは、パソコンを使ってはだめだと言われている。

小さいうちから慣れすぎては、パソコンだけに頼《たよ》って、自分の頭を使わなくなる。だから、大人になったときにパソコン以下の脳《のう》みそになってしまうという、おじいちゃんとおばあちゃんの教育方針《きょういくほうしん》からだ。

おじいちゃんとおばあちゃんの教育方針に、これまで異論《いろん》はなかった。

でも、今は調べたい、知りたいことがあるから、異論でいっぱいだ。

待てよ。

パソコンを使えないなら、直接、子ども食堂かみふうせんをのぞきに行けばいいんじゃないか!

ぼくが、子ども食堂かみふうせんに行くことは、決して許されることではない。

しかし、中に入るわけではなく、のぞくだけなら、問題ないはずだ。

言いわけを組み立て終えたら、あとは早かった。

第二土曜日を迎《むか》えると、ぼくは恒例《こうれい》の戸締《とじ》まりとセキュリティのスイッチがオンになっているかの確認《かくにん》を終えるや否《いな》や、子ども食堂かみふうせんを目指した。

ウエストポーチもカバンも何も持たなかったけど、財布《さいふ》と家のかぎは、ちゃんとズボンのポケットに入れてあるから、大丈夫《だいじょうぶ》だ。

頭のすみで、またゾンビ女子や八潮闘志と出くわしたら嫌《いや》だなと思ったけど、まさかあの二人が常連客になっているわけないだろう。ゾンビ女子は、学校でも見かけなくなったから、転校した可能性が高いし、八潮闘志は、今ごろ妹の良好ちゃんとおしゃれなランチでも食べているにちがいない。

だから、今度こそ、子ども食堂かみふうせんをじっくりと見られる！

三度目で、だいぶ慣れてきた山門通り商店街の人ごみをくぐり抜《ぬ》け、ぼくは例の看板《かんばん》の前にたどり着いた。

夏休みの間中、一度ものぞきに来なかったので、新しいお知らせとかがポスターに書かれているかもしれない。

ぼくがポスターをよく読もうとすると、後ろから突進《とっしん》するように、クマ型のショルダーポーチを肩《かた》から下げた女子が近づいてきた。

どうやら、修学旅行生の行列が途切《とぎ》れたタイミングで、看板に近づこうとしたのだろうが、それにしても、すごい迫力《はくりょく》だ。

全体的に地味な服装《ふくそう》をしていて、目を引くのはショルダーポーチくらいだ。顔立ちは、まあまあ、かわいい方とは言えるけど、問題は顔つきだ。

ねらった獲物《えもの》は逃《のが》さないと、どこまでも追いかけてくる悪役忍者《あくやくにんじゃ》のようだ。

こんな迫力満点の女子も、ポスターを見に来たのだから、子ども食堂かみふうせんに興味があるのかな？

ぼくは、迫力女子が立ち去るまで、ポスターから離《はな》れることにした。

せっかく、子ども食堂かみふうせんがすぐそこにあるのに、この迫力女子のおかげで、すっかり近寄りがたい。

困《こま》ったことに、ぼくの予想に反して、迫力女子はポスターの前にどっしりと腰《こし》をすえる。

そして、さらに困ったことには、子ども食堂かみふうせんへ続く路地へと入って行った。

あんな悪役忍者みたいな迫力の女子と、同じ室内ですごすなんて、はっきり言って、ごめんだ。

どうやら、今回も子ども食堂かみふうせんをのぞくのも、中に入るのも、許されない運命のようだ。ここは、潔くあきらめるべきかもしれない。

そして、お母さんが冷蔵庫《れいぞうこ》に作り置きしてくれた料理でも食べよう。

子ども食堂かみふうせんも、夕食はカレーライスみたいだから、今日はお米とキーマカレーでも解凍《かいとう》して食べようかな。

迫力女子が、路地へ姿《すがた》を消すのを見届《みとど》けてから、ぼくは我《わ》が家《や》へ引き返して行った。

九月は、前半と後半で、まったく季節がちがう。

前半が真夏なら、後半はしっかりと秋だ。

台風が連続して通った後、一時的に蒸《む》し暑くはなったけれど、結局は秋へと季節は進んで九月は終わり、十月へとなだれこんだ。

夜になると、庭のあちらこちらから、虫の声がきこえてくる。

秋の虫の鳴き声は澄《す》みきっていて、どこか、もの悲しくて……ぼくにまた、むしょうに子ども食堂かみふうせんへ行きたくなる呪《のろ》いをかけてくる。

でも、ぼくが子ども食堂かみふうせんに行くことは、決して許されることではない。

だから、今回ものぞいてみるだけにしてみよう。

そういうわけで、十月の第二土曜日。

ぼくは、子ども食堂かみふうせんを目指した。

三回行って、三回ともだめだったけど、今回こそはのぞけるだろう。

ご老人ばかりのツアー客の一団に逆らって山門通り商店街を突《つ》き進むと、八百屋のやおかぜが見えてきた。

店の前には、ぼくの記憶《きおく》どおり、ポスターと赤い矢印がはられた看板《かんばん》が見える。

今日こそ、あの矢印の先へ進んで、路地の奥《おく》にある子ども食堂かみふうせんをのぞくぞ。

そう。のぞくだけだから、子ども食堂かみふうせんの中に入らないのだから、大丈夫《だいじょうぶ》だ。

子ども食堂の中へは、決して入らないようにしないと……。

「ねえ。あなた、前にも、この看板の前に立っていたよね？」

突然《とつぜん》話しかけられて、ぼくは飛び上がりそうになった。

ふり返ると、赤いセルフレームの眼鏡《めがね》をかけた、あのかわいい女子が立っていた。

「子ども食堂かみふうせんへ行きたいなら、こっちよ。わかりにくいなら、案内するわ」

かわいい女子に、親切に声をかけられるのは、ふだんだったら、うれしい。

でも、彼女《かのじょ》は、子ども食堂かみふうせんへぼくを誘《さそ》っている。それは、まずい！

ぼくは、何も言わず、かわいい女子のわきをすり抜《ぬ》けて、逃《に》げ出した。

とたんに、ぼくの頭の後ろから、かわいい女子の声が飛びかかってきた。

「闘志くん！　悠乃《ゆの》ちゃん！　今の子、引き止めて！」

かわいい女子は、ぼくを逃がす気がないだと！

驚《おどろ》いてふり返ると、光の加減で赤いセルフレームの眼鏡《めがね》のレンズが両方とも白く光っていた。まるで、手下をけしかける悪代官のようだ。

なんでぼくが、ここまでねらわれなければならないんだ？

ぼくが何をしたと言うんだ？

とまどいつつも正面に向き直ると、八潮闘志と、「悠乃」と呼《よ》ばれた迫力《はくりょく》女子が、ぼくの行く手に立ちふさがっていた。

「わかったぜ、麻耶《まや》！」

「この人ね、麻耶ちゃん？」

八潮闘志と「悠乃」は、素早かった。

しっかりとぼくの腕《うで》をつかむと、がっしりとおさえこんできた。

「離《はな》せよっ！」

必死にもがいたけど、道行く通行人や観光客たちには、子ども同士でふざけ合っているようにしか見えないらしく、誰《だれ》も助けてくれない。

「逃げないでよ。あーさんが言っていた、かみふうせんに入りたそうにしているのに、いつも入らないで帰って行く男の子って、あなたのことでしょう？　両目の下にほくろがあるって言っていたし、わたしが前に見かけたのもあなただったし、まちがいないわよね？」

優《やさ》しい声と話し方だけど、「麻耶」と呼ばれたかわいい女子は断言した。

それより、あーさんとは誰だ？

なんで、あーさんなる人は、ぼくがここに来ていたことを知っているんだ？

「だったら、一緒《いっしょ》にかみふうせんへ行きましょう。一人で入るのが緊張《きんちょう》するなら、みんなで入ればいいだけの話だもの」

麻耶が、またもぼくに誘いかけてくる。

「だめだよ！　そういう問題じゃないんだ！」

ぼくが、子ども食堂かみふうせんに入ることは、決して許されることではない。

「じゃあ、どういう問題なんだよ？」

八潮闘志が、ひじでぼくのわきをこづいてくる。

「質問するのに、体をこづくのは反則よ、闘志くん」

悠乃が、すかさず注意する。

「何度もかみふうせんの前に来ているなら、入りたいはずなのに、何が問題なの？」

麻耶は、赤いセルフレームの眼鏡《めがね》をかけ直しながら、首をかしげる。本気でわかっていないのが、わかる仕草だ。

「言ったって、どうせ君たちにわかるわけがないだろう？」

ぼくが、言い返したときだ。

急に、あたりが薄暗《うすぐら》くなった。

理由は、かんたん。太陽を背《せ》にして、クマのように大きなおばさんが、ぼくたちの前に立ちはだかったからだ。

「大さわぎしちゃって、いったいどうしたの？」

おばさんは、大きな声でぼくたちに話しかける。

話しかけられたとたん、麻耶たちがいっせいにあれこれしゃべったので、ぼくはよくき き取れなかった。しかし、おばさんはきき取れたのか、大きくうなずいた。

「あたしが、うちのだんなからきいていた坊《ぼう》やのことを、みんなに話したから、ややこしいことになったみたいだわね。ごめんなさいね。おわびに、水でも飲んでい――」

「――お店には行けないよ！」

おばさんが、ぼくを招こうとしたので、すぐに断った。

だって、ぼくが子ども食堂かみふうせんへ行くのは、決して許されることではない。

なぜなら――。

また誘《さそ》われないよう、ぼくは、とまどうおばさんや麻耶たちを前に、はっきり理由を言ってやった。

「だって、ぼくの家は、レストランなんだ！」

おばさんも麻耶たちも、そろいもそろって、ハトが豆鉄砲《まめでっぽう》を食らったような顔になった。

お父さんとお母さんとおじいちゃんとおばあちゃんは、お店――レストラン。

お兄ちゃんは、専門学校《せんもん》――調理師専門学校。

お姉ちゃんは、大学――栄養学を専攻《せんこう》。

これが、我《わ》が湾田家の構成だ。

家族で経営しているレストランの名前は、ワンダー。

ショッピングモールに入っているけれど、観光ガイドにも七草町《ななくさまち》でおいしいレストランとして紹介《しょうかい》されている、家族ご自慢《じまん》の店だ。

おじいちゃんが中学校を卒業後、山奥《やまおく》の村から横浜《よこはま》に出てきて、洋食店でコックさんの修行を重ね、ついに独立。そして、移り住んだ七草町に建てたのが、レストランのワンダーだ。

最初は、小さなレストランだったけれど、少しずつ大きくなっていって、ついにはショッピングモールの中に入り、人気店の仲間入りをはたした。

ワンダーがここまで大きくなるために、おじいちゃんだけではなく、ほかの家族だってがんばっていた。

お父さんは、おじいちゃんと一緒《いっしょ》に厨房《ちゅうぼう》で毎日おいしい料理を作っている。

いずれ、お兄ちゃんが調理師免許《めんきょ》を取ったら、すぐに見習いシェフとして厨房入りするのが決まっている。お兄ちゃんは、その日をすごく楽しみにしていて、家でぼくのご飯を作ってくれるときに、さりげなくワンダーで出る料理を作り、盛《も》りつけの練習をしている。

おばあちゃんは、アルバイトさんたちの採用と教育を一手に引き受けている。ワンダーでアルバイトしていたと言えば、七草町内にある飲食店に一発で採用されるという都市伝説を生み出すほど、おばあちゃんはアルバイトさんたちを教育して、みがき上げる。

お母さんは、経理と会計を担当《たんとう》している。一日の売り上げをすぐに計算し、確定申告《かくていしんこく》の季節になると大活躍《だいかつやく》だ。

お姉ちゃんは、ワンダーでもっと体にいいメニューを開発しようと、管理栄養士を目指している。

そして、おいしく体にいい料理をお客さんに提供《ていきょう》するため、有機栽培《さいばい》の野菜や、新鮮《しんせん》な魚介類《ぎょかいるい》の確保に、おじいちゃんたちはいつも真剣《しんけん》だ。

「うちの料理を食ったら、よその店で食事ができねえだろう」

おじいちゃんの口癖《くちぐせ》だ。

「お父さんの料理の腕《うで》は、超《ちょう》一流だぞ！」

お父さんの口癖だ。

「うちには一流の料理人たちしかいないから、外へ食べに行く必要ないわよ」

おばあちゃんの口癖だ。

「レストランワンダーは、最高だわ」

お母さんの口癖《くちぐせ》だ。

だから、ぼくが、子ども食堂かみふうせんへ食べに行くことは、決して許されることではない。

ただでさえ、ぼくは家族の中で、一人だけ店のために役立っていないというのに……。

ぼくがレストランワンダーではなく、よそのお店で楽しく外食なんかしたら、家族みんなが全身全霊《ぜんしんぜんれい》をかけて作った料理を否定《ひてい》したことになる。

そんなの、毎日力を合わせ、がんばって最高のレストランを経営している家族に対する裏切《うらぎ》りだ。

だから、一人きりでご飯を食べるのが嫌《いや》だからだなんて、会話をする相手がほしいからだなんて、そんな甘《あま》えた理由で、子ども食堂かみふうせんへ行くのは、許されることではない。

ぼくなんかより、ずっとがんばっている家族みんなに、申しわけない。

家族を裏切るくらいなら、家に一人きりでいて、時代劇口調《じだいげきくちょう》になるほど、えんえんと時代劇のDVD《ディーブイディー》を見続ける。

うちの事情を知っている涼子先生が勧《すす》めてくれた本を読み続ける。

会話したくて――さびしくて、さびしくて、さびしくて、さびしさのあまり、悲鳴をあげたいけれど、あげたら、ぼくのわがままのせいで、誰《だれ》かが犠牲《ぎせい》になって、うちの家族が成立しなくなってしまうかもしれない。

それがわかっているから、ぼくは、我慢《がまん》する。

だって、家族のみんなのことが、大好きだから――。

ぼくが理由を説明してから、五秒後。

まだおばさんと麻耶たちは、ハトが豆鉄砲《まめでっぽう》を食らったような顔をしたままだった。

しかし、六秒経過《けいか》したところで、どっと笑い声があがった！

「なんで笑うんだよ？」

わけがわからない！

「笑わせてくれよな！　家がレストランだから何なんだよ？」

闘志は、ぼくの言いたいことが、さっぱりわかっていない。

「どんな深刻《しんこく》な理由かと思ったら、何それ？」

悠乃は、ぼくの言ったことを、バカにしきっている。

「あのね、坊《ぼう》や。おうちがレストランをやっていたって、よそで食事をしてはいけない理由にはならないんだわ」

おばさんは、笑いすぎて出た涙《なみだ》を指でぬぐう。

「でも、家族を裏切《うらぎ》ることになるじゃないか！」

人が真剣《しんけん》に答えたのに笑うとは、あんまりだ！　ぼくはむきになって言い返す。

すると、麻耶だけはにこりとも笑わず、まっすぐにぼくを見つめてきた。

「家族も大事だけど、自分の気持ちも大事にしなきゃ、家族はもちろん、もっとたくさんの人たちを心配させることになるよ」

まさかの脅《おど》し文句！

この女子は、やけに胸《むね》に刺《さ》さる発言をするものだな。

ぼくがたまげていると、おばさんがぼくと麻耶の間に割《わ》って入ってきた。

「ねえ、君。家がレストランなら、よその店の料理の味を知って、家族に教えてあげたらどうかしら？　それは、家族に役立つ情報だと思うんだわ」

ぼくが、子ども食堂かみふうせんに行くことは、決して許されることではない。なぜなら、レストランワンダーを一生懸命《いっしょうけんめい》経営している家族を、裏切ることになるからだ。

今までは、そう思っていた。

だけど、このおばさんの言うことも、一理ある。

ぼくが、子ども食堂かみふうせんで食事をして、その味や店の雰囲気《ふんいき》などを、家族に教えてあげたら、レストランワンダーのメニューや経営の参考になるかもしれない！

だったら、ぼくは、家族を裏切ることにはならない！

しかも、家族の役にも立てるぞ！

ぼくは、子ども食堂かみふうせんの中に入って、食事をしてもいいんだ！

だって、家族も大事だけど、自分の気持ちも大事にしたっていいんだったら、これでいいんだ！

春からずっと、ぼくをおさえつけていた何かが、秋風に乗ってどこか遠くへ去って行った。


夜八時。

おばあちゃんが、レストランワンダーの仕事を途中《とちゅう》で抜《ぬ》け出して、夕食を作りに帰って来てくれた。

いつもは、疲《つか》れた様子のおばあちゃんを、これ以上疲れさせては悪いと、あまり話しかけないけど、今日はちがう。

なぜなら、おばあちゃんへ提供《ていきょう》したい情報があるからだ。

「一平ちゃん、ご飯よ」

「はーい」

ぼくは、おばあちゃんと向かい合って、テーブルにつく。テーブルの上には、大根おろしが添《そ》えられたサンマの塩焼きと、ワカメと油揚《あぶらあ》げのみそ汁《しる》。それに、キャベツとニンジンとタマネギの野菜いためと、ふっくらとよくたけた白米のご飯だ。

白米をたくときに、ほんの少しハチミツを混ぜるのが、おばあちゃんの裏《うら》ワザだ。

「ねえ、おばあちゃん。今日のお昼に、子ども食堂かみふうせんへ行ったんだ」

よそのお店で外食をしたと知ったら、おばあちゃんが悲しそうな顔をするかもと、こっそり手に汗《あせ》を握《にぎ》っていた。

けど、予想に反して、おばあちゃんは顔を明るくした。

「まあ、最近ニュースで話題の子ども食堂へ行ったの？　ねえ、どんな所だった？　おばあちゃんにくわしく教えて」

おばあちゃんが興味を持ってくれたので、ぼくはうれしくて、今日一日、子ども食堂かみふうせんで自分が知ったことについて、いろいろと話した。

話し終えると、おばあちゃんは、何か思いついたように、目を輝《かがや》かせた。

「ねえ、一平ちゃん。子ども食堂かみふうせんさんでは、おやつは出ないのよね？」

「うん。昼ご飯と夜ご飯の間の時間は、お水だけ飲んで、あとはテーブルトークロールプレイングゲームっていうゲームやら、折り紙やらをしてすごしているだけだって、麻耶って女の子が教えてくれた」

ぼくは、麻耶を思い出すと、みょうな気分になった。

あのとき、家族も大事だけど、自分の気持ちも大事にしろと、麻耶が言わなければ、ぼくは、あのあーさんとかいうおばさんの提案《ていあん》に乗る気にはなれなかった。ふしぎな子だ。

「教えてくれてありがとうね、一平ちゃん。だったら、ワンダーに出す新作デザートのモニターを、子ども食堂に来るお客さんたちにしてもらっては、どうかしら？　おじいちゃんに相談しておくから、今度一平ちゃんが行くときに、経営者の人にもきいてみてくれない？」

おばあちゃんは、ぼくに向かって、いつになく声をはずませ、明るい顔になる。

「子どもたちが喜ぶ味や盛《も》りつけの新作デザート作りに、おじいちゃんもお父さんもここ最近ずっと四苦八苦《しくはっく》しているから、いい刺激《しげき》になるわ」

子ども食堂かみふうせんの話をしても、おばあちゃんがこういう反応なら、ほかの家族のみんなも喜ぶぞ！

よかった。ぼくは、家族を裏切《うらぎ》らなかったどころか、家族を喜ばせられた！

はあ……一学期に、涼子先生から子ども食堂かみふうせんの話をきいて以来、ずっとやきもきしていたのが、ばかばかしく思えてきた。

でも、いいんだ。

誰《だれ》も、不幸には、なっていない。

それどころか、ぼくは月曜日に学校へ行ったら、涼子先生にも子ども食堂かみふうせんの話をすることができる。

そして、第四土曜日が来れば、子ども食堂かみふうせんへ行く楽しみができた！

肩《かた》の力が抜《ぬ》けるのと入れかえに、胸《むね》にいっぱいきらめくものが満ちていくのを感じながら、ぼくはおばあちゃんと夕ご飯を食べた。

どうしたわけか、おばあちゃんの夕ご飯が、いつもよりおいしく感じて、おなかもいっぱいになった。

窓《まど》の外を見ると、ダイヤモンドのような流れ星が夜空を通りすぎていった。

第五章　また碧海麻耶《あおみまや》のはなし

ジングルベール、ジングルベール、ジングルグルグルベールベル！

十二月に入ると、町がクリスマス一色に変わる。

どこもかしこも、楽しい色ばかりだわ。

わたしは、子ども食堂かみふうせんのドアを勢いよく開ける。

「あーさん。こんにちは！」

あーさんは、八百屋のお得意さんのおばさんからもらった、茶色い手編みの毛糸のベストを、モカ色のハイネックのシャツの上に着ている。そして、黒いズボンをはいているから、エプロンをつけたクマみたいになっていた。

おしゃれが大好きないとこのお姉さんは、チャンスがあれば、あーさんのファッションコーディネートをしたいと、うずうずしていた。だけど、わたしはこのままのあーさんのファッションセンスで、いいと思う。

「こんにちは、麻耶《まや》ちゃん。寒かったでしょう。ストーブのそばに来るといいんだわ」

子ども食堂かみふうせんは、石油ストーブのにおいと、あーさんがむいて食べていたミカンの香《かお》りであふれ返っていた。

最近、町の人から寄付でもらったラジオでもミカンの話をしているから、子ども食堂かみふうせんだけは、クリスマス色じゃなくてミカン色みたい。

あーさんは、自分が腰《こし》かけていたストーブの前の丸イスをわたしにゆずると、ミカンを持って来てくれた。

「一番乗りさんに、ミカンをどうぞ」

「ありがとうございます。でも、その前に、これをどうぞ」

わたしは、持っていた茶封筒《ちゃぶうとう》をあーさんへ渡《わた》した。

「へえ、ずいぶん大きな封筒だわね。中に何か入っているみたい……まあっ！」

あーさんは、茶封筒の中身を取り出すと、期待したとおりの歓声《かんせい》をあげてくれた。

「折り紙のクリスマスツリーじゃないの！　すごいわ！　これ、全部麻耶ちゃんが作ったの？」

わたしは、少し胸《むね》をはった。

「はい！　よかったらテーブルの上に飾《かざ》ってください！」

「もちろんだわ！　まあまあまあ！　折り紙で小さな星やくつ下まで折ってあるなんて、よくできているわねぇ！」

あーさんは、大喜びで小上《こあ》がりの上に並《なら》べられたローテーブルの上に、わたしが作った折り紙のクリスマスツリーを一つずつ飾っていく。

その間、わたしはミカンを食べた。ミカンは甘《あま》くて、冬の乾燥《かんそう》した空気の中を歩いてきてカラカラなのどに染《し》みわたる。

「これは、今日来るお客さんたちはもちろん、クリスマスが近い開店日に来るお客さんたちも、大喜びするんだわ！」

あーさんは、折り紙のクリスマスツリーを一つ飾り終えるたびに、うっとりと見つめる。

おかげで、飾るペースはとっても遅《おそ》い。でも、ちっともイライラしなかった。

「次回の開店日、クリスマスツリーがほしいお客さんがいたら、かみふうせんからのクリスマスプレゼントとして、あげちゃってください」

わたしは、ミカンの最後の一ふさを食べ終えてから、言った。

「わかったわ。だけど、なんでうちからのクリスマスプレゼントなんだい？　麻耶ちゃんからのプレゼントでもいいんじゃない？」

あーさんにきかれると、うそをつきにくくなる。

わたしは、作り笑いも、楽しんでいるふりも、やめた。

それから、コートのポケットに入れておいた、一通の白い便《びん》せんを取り出した。

「お父さんとお母さんから、二人が働いている山の別荘《べっそう》に今度来てほしいって、お手紙が届《とど》いたので、次回の開店日に来られそうにないからです」

あーさんは、最初、目を大きく見開いた。

それから、じわじわと顔中に笑顔が広がっていった。

そして、最後に、大きく両手が上下に動いた。

「会いにきてほしいって手紙があったということは、麻耶ちゃんのお父さんとお母さん、見つかったんだね？　よかったわぁ！　あたしは、てっきり……おっと、ごめんなさいね」

わたしは首を横にふった。

「いいんです。わたしも、あーさんと同じことを考えていましたから」

わたしは、お父さんとお母さんと連絡《れんらく》が取れた日のことを、思い出した。

わたしを家に置き去りにして何か月も連絡《れんらく》一つよこしてこないので、もうお父さんとお母さんはこの世にいないんだと、覚悟《かくご》を決めていた。

だけど、数日前。

わたしは学校から帰ってきて、悠乃《ゆの》ちゃんが貸してくれた『ヴァインヒルの宝石姫《ほうせきひめ》』という本を読んでいた。

TRPG《ティーアールピージー》が好きなら、こういう中世ファンタジーの物語も楽しめるよという悠乃ちゃんの言葉どおり、わたしはワクワクしながら、本を読み進めていった。

主人公で騎士《きし》になりたい女の子のポーリーンもいいし、そのいとこのコーネリアもいいけど、ナディーンという女の子が特にいいなと思いながら、物語の中に気持ちよくひたっていると、突然《とつぜん》家の電話が鳴った。

本に夢中になっていたから、びっくりして電話に出ると、コンビニへ買い物に行ったはずの、いとこのお姉さんからだった。

いとこのお姉さんの携帯電話《けいたいでんわ》に、捜索願《そうさくねがい》を出していたお父さんとお母さんが見つかったという連絡が警察《けいさつ》からきたので、すぐにわたしに電話をくれたのだ。

お父さんもお母さんも生きていて、今は遠い町で二人ともまじめに働いている。

わたしに会いに来てほしいけれど、家に置き去りにしてきた手前、気まずいので、どう連絡をすればいいかわからない。

そう言っていたから、手紙を書いてみたらどうか。

いとこのお姉さんは、お父さんとお母さんにそうアドバイスしたことを、電話越《ご》しに伝えてくれた――。

――わたしの回想は、あーさんの大声で打ち切られた。

「お父さんとお母さんに、新しい仕事が見つかってよかったんだわ。じゃあ、麻耶ちゃんは、お父さんとお母さんに会いに行くんだね」

「いいえ。本当は、まだ決めてないんです」

わたしは、両手をきゅっと握《にぎ》りしめる。

あーさんは、少しとまどった顔になる。

「決めてないって……でも、どうして？　麻耶ちゃんは、あんなにお父さんとお母さんの帰りを一生懸命《いっしょうけんめい》待っていたのに……」

わたしは、握っていた手を一度開いてから、また握り直す。

「わからないです」

ただ単純《たんじゅん》に、お父さんとお母さんに会いたいかときかれたら、首を縦《たて》にふる。

だけど、お父さんとお母さんを待ち続けていたときと同じくらいの強い気持ちで会いたいかときかれたら、絶対に首を横にふる。

だって、今までずっと、連絡《れんらく》一つよこさなかったのに！

今度はいきなり会いに来てほしいだなんて、お父さんもお母さんも勝手すぎる！

お父さんとお母さんに対するドロドロとした感情が、わたしの中にこみあげてくる。

「おかしいですよね。わたしったら、お父さんとお母さんに会いたいのと同じくらい、会いたくないいんです」

自分でも、言っていてあまりにもわけがわからないので、思わず笑ってしまった。

あーさんは、笑わなかった。

「そりゃあ、大人でもすごく難《むずか》しい話だから、まだ小学生の麻耶ちゃんが迷っても、悩《なや》んでも、当然だと思うんだわ」

そう。わからないばかりか、迷ってもいるし、悩んでもいる。

でも、それ以上に、すごく苦しい。

お父さんとお母さんに、会いたい、会いたくないが、ドロドロとした感情と一緒《いっしょ》になって胸《むね》の中をぐるぐるとうずまいて、苦しくてたまらない。

握《にぎ》っている手から、じんわりと汗《あせ》がにじみ出てくる。

すると、あーさんが、クマのぬいぐるみみたいな顔で、わたしを見た。

表情があるようでない。だけど、あたたかい。そんな、ふしぎな顔だ。

「だけどさ、ほら。人生は長いっていうでしょ？　だから、長い目で見て考えたらいいんだわ。まして、麻耶ちゃんはまだ人生が始まったばかりの子どもなんだから、何でもかんでも急いで結論《けつろん》を出しちゃう必要はないと思うんだわ」

長い目で見て考える……か。

そんなこと、考えたこともなかったわ。

長い目で見て考える。

考える、考える、考える――。

――無理して今すぐ会いに行かなくても、お父さんとお母さんは元気にしている。

それに、お父さんとお母さんがそばにいなくても、わたしは一人ぼっちじゃない。

友だちができたし、家に帰れば、いとこのお姉さんがいてくれる。

子ども食堂に来れば、あーさんがいてくれる！

わたしは、握《にぎ》っていた手を開いた。

「『今は』お父さんとお母さんに会いに行かないことにします」

これが、わたしの答えだった。

あーさんは、大きくうなずいた。

「『今は』ね。そうね。それでいいと思うんだわ。じゃあ、次の開店日にも麻耶ちゃんが来てくれるから、折り紙のクリスマスツリーは、麻耶ちゃんからのプレゼントとして、ほしがった子たちにあげるということでいいかしら？」

これですべて解決したと言わんばかりに、あーさんは話をまとめる。

おかげで、わたしの胸《むね》の中にぐるぐるとうずまいていたものが消えてくれた。

それと一緒《いっしょ》に、お父さんとお母さんに対するドロドロとした感情も薄《うす》れていった。

わたしは、ホッとして、返事がわりにうなずいた。

あーさんは、優《やさ》しくわたしの肩《かた》にグローブのような大きな手を乗せ、反対の手でローテーブルの方を指差した。

「ねえ、見てごらんよ、麻耶ちゃん！　テーブル全部に折り紙のクリスマスツリーを飾《かざ》れたから、一気に、はなやかになったんだわ！　ありがとうね、麻耶ちゃん。おかげで、子ども食堂かみふうせんに、クリスマスらしさが吹《ふ》きこまれたんだわ！」

あーさんは、この上なくうれしそうだ。

おかげで、わたしもうれしくなってきた。

「あーさん、せっかくだから、折り紙でトナカイも折りますね！」

「トナカイも折り紙で折れるの、麻耶ちゃん？　すごいわねぇ！　ぜひともお願いするんだわ！」

あーさんは、いそいそと、子ども食堂かみふうせんのみんなが使う折り紙を台所から持って来てくれた。

わたしが、ローテーブルでトナカイを折り始めると、あーさんはほれぼれとした眼差《まなざ》しで、わたしが作った折り紙のクリスマスツリーを見つめた。

「子ども食堂を始めたときには、十二月にこんなにかわいい飾りを店に置けるとは思わなかったんだわ」

あーさんのひとりごとに、わたしは心の中で返事をする。

わたしだって、春休みには、こんなにすてきな十二月を迎《むか》えられるなんて思いもしませんでした！

そうだ。

次に子ども食堂かみふうせんに来るときには、お正月用に、門松《かどまつ》や鏡もちを折り紙で折ってこよう。獅子舞《ししまい》も折ろうかしら？

ふしぎね。

作り笑いや楽しんでいるふりとかして、必死に楽しいことを考えようとしなくても、今はひとりでに楽しいことを考えられるようになっている。

わたしはもう、月も星もない真夜中にいるんじゃない。

サファイアや真珠《しんじゅ》、ラピスラズリやダイヤモンド……うぅん。世界中の宝石を集めたよりもずっと輝《かがや》いた輪の中にいるんだ！

わたしのウキウキが感染《かんせん》したように、ラジオから、とびきりごきげんなクリスマスソングが流れてきた。

参考資料

・ＮＰＯ法人豊島子どもＷＡＫＵＷＡＫＵネットワーク編著『子ども食堂をつくろう！』（明石書店、２０１６年）

・伏見健二『ラビットホール・ドロップスＶ２』（エテルシアワークショップ、２０１５年）

・鈴木真帆『かんたんかわいいお絵かきデコごはん』（日東書院本社、２０１３年）

著者　齊藤飛鳥《さいとうあすか》

1982年神奈川県生まれ。上智大学在学中、日本児童文学者協会通信講座で村山早紀に師事。

おもな著書に『おコン草子』『へなちょこ探偵24じ』（ともに童心社）など。『へなちょこ探偵24じ』で、第33回うつのみやこども賞を受賞。趣味は、俳句とミニチュア撮影。

2018年、「屍実盛」で第15回ミステリーズ！ 新人賞（東京創元社主催）を受賞。

装画　ふすい

イラストレーター、装画家。細部まで描き込まれた背景、光や透明感、空気感等、独特なタッチを特徴としている。

人物だけでなく、風景に秘められた"感情"を具現化させる志向を抱き、叙情的な作風が魅力とされる。

おもな代表作は『青くて痛くて脆い』（KADOKAWA）、『青いスタートライン』（ポプラ社）、『スイーツレシピで謎解きを』（集英社）など、小説の装画を中心に活動をしている。

オフィシャルサイト：http://fusuigraphics.tumblr.com

子ども食堂かみふうせん

著者
齊藤飛鳥

装画／ふすい
装丁／品川幸人

2018年11月25日初版1刷発行

発行所
株式会社 国土社
〒101-0062　東京都千代田区神田駿河台2-5
電話　03-6272-6125　FAX　03-6272-6126
http://www.kokudosha.co.jp
印刷　モリモト印刷株式会社
製本　株式会社難波製本

落丁本・乱丁本はいつでもおとりかえいたします。
NDC 913 Printed in Japan

ISBN978-4-337-33635-3 C8393